# 柚子の香につつまれて

小説　清和天皇伝

齋藤謙一

三省堂書店／創英社

# 柚子の香につつまれて

小説 清和天皇伝

●

もくじ

関係図

さし絵、カバー絵：岡　弘美

# 柚子の香につつまれて

小説 清和天皇伝

# ふと、道案内にさそわれて

京のみやこの西北、保津川沿いの細い道を遡ると柚子で名高い水尾の里が現われる。うっそうとした木々の暗やみを進むとにわかに空がひらけ梅雨前の明るい陽の光が嬉しい。里の小さな集落を抜けるとふたたび上り坂。その登りはじめ、道の左端の杭に「清和天皇陵」と記された案内板を見つけ、驚いた。

「えっ、あの清和天皇がこんな離れたところに？」

多少時間の余裕があったので、少し先の道幅がやや広くなったところに車を停め、案内板の矢印にしたがって谷に向け下ったのだった。

私は、ここ四〇年ほど鎌倉に住んでいる。

熊本に生まれ、兵庫の山間部、東京、仙台などを転々としたが、いまや鎌倉が最も長い住まいの地となった。鎌倉と言えば源氏である。源氏の鎌倉と言ってもいいかもしれない。その源氏という一族、さまざまな源氏がおり、二一もの系統があることを、ある時知った。

「源氏物語」の主人公のモデルと言われる源融（とおる）（八二二〜八九五年）も嵯峨天皇の第一二皇子で、嵯峨源氏融流初代に数えられるそうだ。なかで頼朝、義経で名高い鎌倉の源氏は、清和天皇の末裔に当たることから清和源氏と呼ばれる。ところが、その華々しい活躍の場、鎌倉で、清和天皇の話をついぞ聞いたことがないのはどうしてだろう、と気にかかっていた。

なので、水尾の里、細い道の端に立つ一本の杭に記された案内を発見してにわかに
胸のうちが騒いだのだった。

# 高貴な血

嘉祥三（八五〇）年三月、平安京はあわただしい動きにつつまれていた。廟堂は騒がしくさまざまな思惑が交錯する。正良帝（仁明天皇）の病がいよいよ重くなり、京中の各寺院での祈祷が続く。が、その祈りも虚しく帝は三月二一日身罷った。これより少しまえ、一九日に帝が皇太子道康親王に次の帝位を譲ったことをうけ、新帝践祚（皇位の継承）の儀式を滞りなく進めようと役人たちが右往左往走り回る大内裏。

ちょうど同じ頃、内裏からもそれほど離れていない左京一条三坊に建つ東京一条第（通称、小一条第）でも家人があわてふためき家の中を行き来していた。当主藤原良房の娘明子の児が生まれ出ようとしていた。右大臣として、また就いたばかりの新帝の伯父として、いまや廟堂の中心で権勢をふるう良房が四七歳にして得る初孫であり、何よりも新帝の子でもある。

春の匂いをほのかに運んでくる微風を頬に感じながら、良房は邸の南廂（ひさし）に佇み、池のさざ波にじっと目をこらしている。気の昂ぶりを懸命に抑えているつもりだが、どうしてもじりじりした思いがこみ上げてくる。

彼には、生まれ出てくる児に多分な思い入れがある。数日前に即位した帝道康は良房の妹順子（じゅんし）の子であり、良房は伯父として帝の政（まつりごと）に些かの影響力を保てる。が、良房の思い描いていたのはその先のことである。わが娘明子と道康帝の子が後を継ぐとなれば廟堂におけるさらなる力を維持しうるのだ。だが、それも生まれるのが男児でなければならぬ。

道康帝には皇太子時代から既に何人かの女御、更衣（こうい）が入内（じゅだい）していた。良房の父冬嗣の娘古子（ふるこ）、良房の弟良相（よしみ）娘の多賀幾子（たかきこ）。この二人に子はない。が、紀家（きのけ）の静子は惟喬（これたか）、惟条（これただ）というふたりの皇子をもうけており、宮人滋野奥子（しげののおくこ）にも第三皇子惟彦（これひこ）親王がいる。

是が非でも男の孫が欲しい！　廟堂での帝の薨去（こうきょ）、新帝即位の儀式の段どりも手につかぬほど、良房は狂おしいばかりに願っていた。

男なのか女なのか、親王か内親王か、良房は待つ。今後、藤原氏の世が続くのか、それとも紀氏などのほかの氏族の盛り返しを許すことになるか。

先帝仁明が逝って四日後の三月二五日、明子付きの女官が良房のもとへ駆けつけた。

「お生まれになりました。お元気でございます」

「して、男の子か、女子なのか？」

「お元気な皇子さまでございます」

……、感無量とはこのことか。

その言葉を聞いた瞬間、良房は胸にこみあげるものがあり息がつけなかった。が、しばらくして頬にかすかな笑みのようなものをちらりと浮かべた。これで紀氏などに思うような真似はさせぬ、という強い気持ちがきざしたような。

このところの皇位継承では、帝の即位に遅れること一日か二日のうちに立太子、すなわち皇太子が立てられている。しかしそうなれば、生まれたばかりの幼児に白羽の矢が立つことはあるまい。すでに七歳となっている第一皇子の惟喬親王が皇太子となるのが順当である。しかも道康帝は惟喬を寵愛しその資質をかっているのだ。

良房はさっそく動いた……。

惟仁(これひと)は嘉祥三年三月二五日（八五〇年五月一〇日）、時の帝道康（文徳天皇）の第四皇子として、右大臣藤原良房の娘である明子から生まれ出た。のちの第五六代清和天皇である。

母の異なる兄、惟喬、惟条、惟彦がいた。しかしその三人をさしおいて惟仁はなんと生後八か月で皇太子となる。外祖父にあたる右大臣藤原良房がその力を用い自分の直孫を皇太子にしたのだ。

惟仁の憂鬱はここに始まったのやもしれない。

惟仁の祖父は仁明天皇であり、その父があの嵯峨天皇となる。また母方の祖母は嵯峨天皇の皇女源潔姫であり、どちらをたどっても曽祖父嵯峨天皇につながる。血統のうえでは惟仁はなるべくして皇太子となる。一方、兄たち惟喬、惟条の生家紀氏も、時を遡れば光仁帝（桓武帝の父）の生母（紀橡姫）に行きつく歴史に残る名家である。が、今の藤原氏の勢いに比べ、政治的にはいかにも力不足、皇太子の後ろ盾としては心もとない。

　惟仁は生まれてからは明子の家、すなわち良房邸で育てられた。小一条第である。母の異なる兄弟姉妹は数多くいたが、惟仁のそばには妹の儀子ひとりきりだった。母と妹、そしてそれをとりまく女官たち。惟仁はこうした女ばかりのなかで育った。雛の遊びに明け暮れ、貝合わせに興じる毎日。小一条第のなかでは、祖父の良房がただひとりの男であったが、役目柄廟堂の政務に忙しく孫の相手もままならない。こうしたなかで惟仁の教育係としてつけられたのが、真言僧真雅である。すでに五〇の齢を間近にひかえたかの空海の弟は、この後二四年にわたって教育者として、あるいは良き相談相手として惟仁の身近に侍した。

この僧のもとで惟仁は仏典に目を開き、大和の歴史を貪り吸収したのであった。

仁寿(にんじゅ)四(八五四)年八月、五歳となった惟仁は初めて父帝に謁見した。まだまだ陽射しの強烈な蒸し暑い日、冷然(れいぜい)院の門をくぐり帝の住まう新成殿に上がる。傍らには無論のこと右大臣良房が控える。

「そうか、五歳になったのだな、励んでいるか」

「はい、真雅さまにさまざまお教えいただいております」

「何を学んでいるのだ」

「はい、ただいまは文字を繰り返し書いて学んでおります」

「そうか、真雅はかの空海の弟子だったな。そうそう、おと……うと……でも……あった……」

蒸し蒸しとする暑さのなか、彼方に座す父帝を見ていると、わずかなうちに惟仁の意識が薄れ父の声がとぎれとぎれとなり頭(こうべ)が不用意に揺れる。あわてて良房がその体を支え、

「それでは、これにて……」と別室に連れ出した。

住まいに戻り惟仁はあらためて、あれが我が父君か、と思い返すのだった。幼い胸のうちに近づきがたいよそよそしさとともに、なんとも言えぬ寂寥感がよぎった。

一方、惟仁の兄たちが暮らす紀家には、兄弟二人、そして恬子(てんし)、述子(じゅつし)、珍子(ちんし)の三内親王の五人が集い賑やかである。もちろん父帝がいるわけではないが、母静子の家族とともに和気あいあいと暮らしていた。

なかでも長兄惟喬は素直に伸び伸びと育ったと評判で、学業にも熱心、帝の覚えも殊のほかという。その惟喬がやがて元服の儀を迎えようとしていた。

体が弱く病がちだった帝は、皇太子惟仁が幼少であることを危ぶみ、六歳年長の惟喬を中継ぎとして皇位を継がせ、惟仁が成長した暁に譲位させるようにしたらどうかと考え、側近にその意向をもらす……。

が、大納言源信(まこと)が低頭して申すのだった。

「おそれながら、惟喬親王様をお立てになりますと……、たとえ一時ののち交替なさるというお約束のもととは言え、世の乱れに通ずることは避けねばなりますまい」

と首をかしげ、さらには、

「承和の異変のようなことがございますれば」

と、初めは謙抑的だった言葉が熱を帯びる。

「帝もよくよくご存知のごとく、仁明帝の御代承和九（八四二）年、かの嵯峨上皇様が身罷った二日ののちの事でございました。混乱に乗じ、春宮坊帯刀伴健岑、但馬権守橘逸勢らが皇太子であられた恒貞親王様を奉じて謀反を起こそうとしたとされる異変でございます。

　ことが露わとなり恒貞親王様は皇太子を廃されました。

　恒貞親王様は、ご即位直後の仁明帝に拝礼された折、齢九つでいらっしゃいましたが、『容儀・礼数は老成せる人のごとし』と伝えられております。また、承和五年の元服の折に帝の前に進まれましたご様子も『礼容は厳備、殿を降りて拝舞せば、挙止は閑麗なり』と史書に記されておりますほど落ち着いた思慮深いお方でございました。

　そのようなお方が、帝との争いごとがあったわけでもなく、つぎの帝の位を約されているお立場を省みず、なぜ謀反に加担なさるのか、世の者はみな合点のいかぬま
ま、道康親王様、すなわちあなた様が皇太子となられたのでございます。

　恒貞親王様のご生母正子内親王様はそれはそれはお嘆き、お怒りになられたと聞き及びます。

　なによりも逸勢は、かの最澄・空海上人とともに唐に渡り、かの地で秀才と称された人物でございます。また、嵯峨の帝は朝堂におきます儀礼を唐風に改められましたが、その折内裏の諸門の号もすべて直されました。その東西南北の門額の書き手として、帝ご自身や弘法大師空海様とともに逸勢の名も伝わっております。そのように重用された者がなにゆえに……」

　そして、声をひそめ、

「その当時から常に廟堂の中心におられるのは陛下の伯父上である右大臣様でございますぞ」

と口をつぐんだ。

　しかしさらに思いが溢れるように、

「しばらく前、平城（へいぜい）の御世には伊予親王様の異変もございました。いずれも罪科のはっきりしない異変が続きます。さすれば、こうしたことを繰り返してはならぬと存じます。惟仁親王様になにか落ち度があるということでありますれば別でございますが、はっきりとしたものがないのでありますれば事を荒立ててはなりますまいと存じます」と言い切ったのである。

# 即位、そして元服

斉衡（さいこう）三（八五六）年六月二五日良房の妻源潔姫（きよひめ）が逝った。嵯峨帝の皇女であったが、史上初めて皇女として臣下の妻となった。それほどに嵯峨帝の良房に対する評価が高く、兄の長良（ながら）を措いてのことであった。

しかし、この栄誉ある婚姻は他方で良房を縛ることとなる。潔姫には明子という娘が一人しかできなかった。良房はどんなにか多くの子、でき得れば息子を持ちたいと願ったに違いない。

嵯峨帝は三〇人を超える女子に、五〇人におよぶ子女をもうけており、多くの妻を持つことがあたりまえのこの時代ではあったが、皇女を妻に迎えるという歴史上かつてない僥倖に浴した身には、他に妻を求め子をつくることは如何に良房といえども行い難いことだった。

潔姫は文芸に秀で、ことのほか琵琶の音で周りの者を魅了したという。

惟仁の耳の奥にも雅なる琵琶の音がかすかに残り、ときおり懐かしい思いが胸中にきざすのだった。


惟喬の即位を諦めてしばらくのち、天安二（八五八）年八月、暑さがまだ残る二三日の夜、道康帝が体調を崩した。年来病弱だったものの、その頃はいくぶん体調を取り戻した様子もうかがえたことから、この突然のことに冷然院は大騒ぎとなった。翌日には口をきけなくなるまでに悪化、名僧五〇人が大般若経を読経して祈祷したがかなわず、ついに二七日道康帝（文徳天皇）は三二歳の短い生涯を終えた。

政の要諦、その難しさ、悩ましさなどを父帝から引き継ぐことなく九歳の惟仁はひとり残された。

践祚（せんそ）、建礼門前での大祓、伊勢神宮をはじめ天智から文徳に至る各帝陵墓への即位を告げる使者の派遣などが滞りなく進み、一一月七日朝堂院の太極殿において惟仁の即位の儀式が行われた。

文武百官が居並ぶなか、祖母の順子（文徳天皇生母）が付き従い、惟仁が高御座に登壇し帝の位を継ぐことを宣した。

「……朕は拙く劣けれども、親王等を初めて、王等臣等の相共なひ奉り、相扶け奉らむ事に依りてし、……國の天の下の政は、平けく安く奉へ仕るべしとなも所念し行す。……」

ここにかつてない九歳という幼少の帝が誕生した。外祖父である良房がその後ろ盾として政の実権を握ったのは言うまでもない。良房は時に五五歳、惟仁はまさに操り人形であった。様々な儀式で、座るべきところ、言うべき言葉、示すべき仕草などはことごとく良房が導き示し、惟仁はただ倣うばかりの存在である。

惟仁即位の翌年四月一五日には元号が貞観と改まる。唐（六一八～九〇七年）の第二代皇帝太宗（五九七～六四九年、在位六二六～六四九年）の世で敷かれた理想の政

として名高い「貞観の治」（六二七～六四九年）にちなんだものである。

これより少しまえ、天安元（八五七）年四月、一四歳となった惟仁の兄惟喬は帯剣を許され、一二月には元服の儀が道康帝の御前で行われた。しばらく前に太政大臣となっていた良房や左大臣源信も陪席したが、第一皇子の元服にもかかわらず、非常に簡素で形ばかりの儀式と宴であった。帝は割り切れぬ思いを強く抱いたが、病がちで恒例の儀式に出御（しゅつぎょ）できないことも度重なり、如何ともしがたい立場に追いやられていたのだった。

一方、惟喬の七年後に行われた惟仁の元服は華麗な儀となった。

これまでは元服後の皇太子が帝に就位することが繰り返され、帝が元服するのはこの惟仁が史上初めてとなる。貞観六（八六四）年元旦、大雪の降るなか、一五歳となった惟仁は前殿に御し、親王以下五位以上の公卿（くぎょう）が殿庭において、六位以上の百官が春華門にて拝賀する。

紫宸（ししん）殿においては太政大臣藤原良房が祝詞を言上、その後、元服の儀で最も重んじられる加冠の儀が行われる。この役を担うのも無論良房である。儀式を恙（つつが）なく終えたのち、座をあらためて祝いの宴が盛大に催されたことは言うまでもない。

三日には太極殿にて朝賀、七日には白馬（あおうま）の節会（せちえ）と公卿による奉賀等々の儀式が続く。すでに一五歳となっていた惟仁は、さすがに即位の時のように周りの式官の言うがままということはないものの、次々とまた果てしなく続く儀式に自分の意識なきがごとくに感ずるのだった。

# 多美子

儀式の連続の中で、惟仁がただひとつ確かな感触を持ち得たことがあった。

元服の儀を終え些かの疲れを覚えて宿所に戻ると、近ごろでは珍しいことに乳母(めのと)が、

「きょうはこちらでお休みなさいませ」と案内する。

多少の訝しさを感じながら乳母の示す御帳台(みちょうだい)に身を横たえると、どこからかかすかに梅の香がただよい鼻をくすぐるようだ。

白いものがするりと御帳台に入りこみ惟仁にささやく。

「添い臥しのお役をつとめさせていただく、多美子ともうします」

惟仁は多美子の肌に触れた瞬間、没我となった。幼い時に触れ記憶が残っている乳母のもっちりと重々しい乳と異なり、滑らかでそれでいてはずむような肌触りに夢中

に。惟仁はおぼれた。

　しかし、多美子の世界はそれだけにとどまらなかった。日本三代実録は記す。

藤原朝臣(あそん)多美子は「性安祥(あんしょう)にして容色妍華(けんか)、婦徳を以(もっ)て称せらる。……（天皇元服の）夕選(ゆふべ)を以(もっ)て後宮に入り、専房の寵有り」と。

　多美子は、良房の九歳年下の同母弟である右大臣藤原良相(よしみ)の娘で、様々な後世の記録にも、「徳高く、優美」、あるいは「性格は穏やかで容色ははれやかで美しく、まことに女性としての徳をそなえている」などと賛辞が刻まれている。

　そもそも惟仁の母方の曽祖父（良房の父）にあたる藤原冬嗣(ふゆつぐ)には三人の息子がいた。

　長兄が長良(ながら)、二歳下の次男が良房、その九歳下に良相。良房の妹で良相の二歳上の姉である順子も同じ母から生まれている。仁明天皇の女御となり文徳天皇を生み、いまや皇太后となっている順子は、すぐ下の弟良相をたいそう可愛がった。良相の娘多美子の入内はこの二人にとっての慶賀であり、順子はこれ以降、内裏における多美子

の良き後ろ盾でありつづけた。

この前年の一〇月二一日、良房の齢六〇を祝う宴が催され、その席において、まだ若くそれまで無位であった多美子に従四位下が授けられている。既にこの時、多美子の入内が企まれていたのかもしれない。それは、順子の意向だったのか、あるいは良房の思惑であろうか。

惟仁を生んだ明子の他に子のいない良房にとっても、藤原一族の行く末を考えると決して悪い話ではなかったのだ。

こうして一月二七日多美子は女御として入内した。この年の八月には平寛子(かんし)も入内しているが、惟仁の多美子への傾倒は変わることがなかった。

しかしこの夢のような時を打ち破る大事が生じた。

五月末、惟仁は多美子を召して語りかける。

「駿河の国から使いがあってな、浅間大神の大山(富士山)が大噴火を起こしたというのだ。一、二里四方の山を焼き尽くし、火炎は二〇丈(六〇m強)の高さにおよび、大音響は雷のようだと。一〇日余り経てもなお続いているそうだ。岩を焦がし峰を崩し、砂や石が雨のごとく降り、人は近づくことができないと……」

「私も聞きおよびました。ほんとうに恐ろしい景色でございます。早う収まるとよろしいのですが……」

「よりによってわが元服の年になぁ」

　さらに二か月後、

「甲斐の国からも使いがまいった。それ、浅間大神の大山の噴火のことだ。草木は燃え尽くし、土は熔け石が流れ、湖の水は熱湯となり、魚や亀の類は全滅してしまった。民家は湖と共に埋まり、残った家にも人影は無く……、との報せであった。恐ろしきことだ」

「彼の地の民はどんなに困っていることでございましょう。五穀は失われ、魚や獣も全滅となりますれば暮らしは立ちゆきますまい。なにか手立てがないものでございましょうか」

「なにか扶けを考えなければいかんなぁ。それを思うと、相撲を見ていても心が晴れぬ」

二年後の記録にも「災異いまだ止まず」とあり、その凄まじさは想像に余りある。

こうして惟仁の元服、多美子の入内は激しいばかりの洗礼を受けたのだった。

さらにこの年の暮れ太政大臣良房が病に臥した。このころ国中で流行していた咳逆病（インフルエンザ）に罹り、一時は生死も知れぬほど重かったという。このあと一年余りの長きにわたり自宅に籠りつづけた。

良房の復帰がはっきりしないなか、惟仁は貞観七（八六五）年八月それまで起居していた東宮から太政官曹司庁へ方違えのため遷り、さらに一一月四日内裏のなか仁寿殿に入った。父帝文徳は内裏に住むことがなかったので、先々帝仁明の時以来十数年ぶりに帝が内裏に住むこととなり、周りの者は喜び胸をなでおろしたのだった。政は左大臣源信、右大臣藤原良相、そして大納言伴善男たちが合議で担った。

惟仁一六歳、良房の大翼の下から飛び出し自立する時であった。

雪の便りも聞こえようとする頃、右大臣良相が惟仁の前に姿を見せた。

「帝におかれましては、内裏にお遷りになり、臣下皆々よろこんでおりまする。で、いかがでございましょうか」

「いやいや、政は難しい。分からぬことばかりだ。太政大臣の病がはっきりしないようだ。ここは、左大臣とともに力添えをよろしく頼むぞ」

「それはもちろんのことでございます。大納言も頑張っておりますので、合力してまいりまする」

「頼みますぞ。ところで、そこに持つ珍しい剣はいかなるものじゃ」

「よくお目をお留めくださいました。これは、なんと巴子国（ペルシャ）で産まれた物とのことでございます」

「巴子国とは？」

「唐の国の遥か西の地にある異教の人々が営んでいる国とのことでございます。この剣、なかなか手の込んだ作りになっており、私どもでは『殊勝の家宝』として大切にしております」

「はて、そのような珍しきものがどのようにして手に入ったのじゃ」

「長うなりまするが、よろしければ、ちとお話しいたしましょう。

帝は、高岳親王様をご存知でございますな。平城帝の皇子様で皇太子であられました。ですが、あの薬子の変にてその位を廃されまして。

その後しばらくして出家され真如と名乗られましたのもご存知でございましょうか。僧となられてからは、かの空海上人の弟子としても修行に励まれ、上人入定の折には高弟として埋葬にも立ち会ったと聞き及びます。

そして、例の東大寺大毘盧遮那仏の落下した仏頭の修理の責任者としてご立派なお働きをなさいました。

ところが驚くべきことに、その仏頭修理完成の慶讃会を終えて間もなく、もう六〇も半ばになる齢になってから渡唐して修行を深めると発心されたのでございます。覚えておられますか、貞観三年にお許しを得て唐に向け発たれたのでございます」

「そうそう思い出した。二〇人ほどの僧たちとともに、たしか宗叡様もご一緒だったなぁ。どうしておられるのであろうか」

「無事、唐の都長安に着かれ、空海上人様が滞在した青竜寺で修行しておられるとの知らせがまいりました。ところが真如法親王様のお便りには『漢家の諸徳、多く論学に乏し。歴問に意有るは、吾が師に及ぶこと无し』、『多くの明師ありといえども、大師に過ぎず』と記され、弘法大師様にまさる師は唐においては見あたらない、と。それゆえ求法を究めるべく、さらに天竺までお渡りになるとのことでございます。法親王様が唐へお渡りになるにあたりまして、わたくしが些かお手伝いしたことがございまして、長安をお発ちになる前に、この剣を彼の地からお送りくださったのでございます」

「なんと、天竺までとは。そのように遠くまで……」

良相はさらに、

「天竺までは陸路を西へ西へと砂漠を通ってまいる道もあるとのことでございますが、真如様はまずは船で南に向かう、とお知らせがありました。ご無事で念願を果た

せることをお祈りしておりますが、なにしろ、もうご高齢でございますので懸念して
おるところでございます」
「縁のある真如様が、そのような遠くにまで求法、とはなぁ。私も真雅様にさまざま
教えをいただいているが、まだまだ……」
「帝はまだまだお若うございます。ですから、おやりになる事はたくさんありまする
ぞ。まずは皇子様を。
そうそう、多美子は大事なくお勤めいたしておりますでしょうか」
「うん、そう、親王ができなくてはあとあと面倒なことになる。多美子が産んでくれ
ると嬉しいのだが、……なぁ」

# 応天門の変、そして高子

ここにとんでもない奇怪な事件が起こった。

貞観八（八六六）年、大内裏朝堂院の正門である応天門が焼失したのである。

この年の春はことのほか華やいでいた。三月二三日には良相の西京第（にしのきょうてい）で観桜の宴が開かれ多くの貴人が集う。惟仁も招きに応じて幸（こう）した。むろんこの家の娘多美子も同伴、ふたりの間に話がはずむ。

「あの屋が父自慢の『百花亭』にございまする」

「ほんとうに、名のとおり桜ばかりでなく様々な花々であふれていることよ。うん、あの脇にはえる黄色の花は？」

「まぁ、嫌でございますわ、あれはほんの雑草でございます」

「そうか、雑草もまた色とりどりに咲いておるなぁ。雑草と言っても無碍(むげ)に刈ってしまうでないぞ！　それぞれに精いっぱい花開いているではないか。春の光がみなにいきわたる世にする、そのような政をなして四民みなが色とりどりに満ち足りて暮らすようにすることが私の務めであろうか……」

と惟仁は思わず場違いに気色ばむ。

同席して近くに侍していた真雅(しんが)僧正が、

「惟仁さま、これは良いところに気づかれましたな。四民があまねく均(なら)して世に住まうようになることが仏法の教えでもありますれば」

「しかしなぁ、僧正様、私はどうなのでしょうか？　あらゆることができそうでいて、でも何もできぬような、そのような気がして仕方がありませぬ。

これをなされませ、あれをすることは少しお控えくださいませ……、などと、自分が自分でないような気がして、なぁ……。

いやぁ、少し酔いがまわってしもうたかな？」

四〇人もの文人が集い、百花亭にて競って詩を賦す。管絃賑やかで華やかな数々の舞が繰りひろげられ、惟仁も射庭に御した。

「あの笙の音は春にふさわしいのう。まるで天上から黄金色の砂が降りそそいでくるようだ」

「さようでございますね。春のキラキラとした輝くものを浴びるような気がいたしまする。

　この庭では、秋になりますとやはり月の眺めが見事でございます。月には笛の音が合うような気がいたしますが……」

と多美子。

　宴が盛り上がり、すでに一七歳となっていた惟仁も夜が更けるまでしたたか酒食に親しんだのだった。その煌びやかなさまは様々に伝えられ、みやこ人の評判になった。

ところが、妙なことが生ずる。良相邸の観桜の宴のすぐあと、病癒えたとして良房も観桜の宴に惟仁を招いたのである。わずか七日ののち、東京染殿第（ひがしのきょうそめどのてい）で催された。

「なぜ兄弟の間で宴をこうも競わねばならぬのだ……」

と訝しく思いつつ、惟仁は幸し、釣魚などに親しんだが日暮れ時には宴を後にした。

割り切れぬ思いはあとあとまで残った。

良房は病の癒えたことを内外に知らせるためと言うが、実弟のハレの催しに対するがごとき行いのほんとうの目的はどこにあったのであろうか。


その九日後、応天門とその東西にある楼が焼けた。この門は大内裏のなかで最も重要とされる朝堂院の南にある正門であり、みやこ人に衝撃を与えたのだった。直後には失火も取り沙汰されたが、ふだんは火の気のないところで何故、と不審を抱き、政に不満を持つ者の放火ではないかと穿（うが）つ者もあったが……。

事は意外な方へ展開する。

大納言伴善男がなんと左大臣源信を放火の嫌疑で右大臣藤原良相に告訴したのであ

る。良相はすぐさま甥の左近衛中将基経（もとつね）に兵を遣って左大臣邸を囲むように命じた。しかし基経は何を思ったか、病が癒えた後も政にほとんど携わることのなかった良房に相談したのである。

良房は事の成り行きに驚き、内裏に駆けつけ惟仁に、

「畏れながら、左大臣に放火の確かな証拠があるわけではございません。そもそも大納言と左大臣は日頃からなにかと諍いが多くございます。これはよくよく事を見極めねばなりませんぞ」と。

こうして左大臣邸の囲みは解かれ、一旦事は収まったように思えた。

しかし、八月になって事態は動いた。なんと放火は伴大納言父子により行われたと訴える者が現われたのである。

このころ廟堂もまた混乱していた。左大臣源信は応天門焼失の嫌疑を受けて以来邸に籠りきりとなり、右大臣藤原良相も病がちで出仕が間遠に。大納言伴善男には嫌疑がかかるという有り様で政は滞りがちであった。惟仁が内裏に遷り政に意を向けようとした矢先のことで、なんとも皮肉なめぐり合わせである。ここで頼れるのは、病か

伴大納言之繪詞より

ら復した良房だけとなった。事件が解決しない最中の八月一九日、惟仁は良房を史上初の摂政に任じた。

勅に曰く「天の下の政を摂り行はしめ給ひき」。

日本三代実録によると、放火の主犯は大納言善男の子、中庸とされ、善男は連座に過ぎなかったが清和帝の意向により厳罰に処した、とある。

伴善男は先々代仁明帝の信任篤く、帝近くに仕える蔵人頭、つづいて伴氏一族としては五六年ぶりに参議に取り立てられた。惟仁は政務に通じた善男を頼りにしていたし、良房が病で廟堂を留守にしていた間、肩を並べて蔵人頭の職に就いていたことのある藤原良相と共に政を切りまわしていた。

そもそも応天門はその昔「大伴門」と称され、伴氏の前身である大伴氏の時代から一族に尊崇されていた建物である。嵯峨天皇の御代、唐風化により改名されてからもその思いは変わることが無かったとされる。その一族の心の拠りどころとも言えるような門を、よりによって自らの手で焼くことがあろうか。

「お気持ちは分かります。が、事件がこのようになりますれば誰かがその責を受けとめ、罪あらばそれを被らねばなりませぬ。それが、時のけじめと申すものでございます」

と良房に迫られれば惟仁は肯（がえ）んずるほかはなかった。

再び大翼の下である。そして、ここにも無実のにおいが漂う。

この事件で、旅人や家持を輩出した伴（大伴）氏、紀氏の有力な者が多く処分され、古代から続いてきた名家が衰退没落の道をたどる。

一方、このときの働きにより基経は、参議の末席から七人飛びで中納言に抜擢された。こうして御所と後宮をめぐる勢いは、良相・多美子の親子から、良房が後ろ盾となる基経・高子の兄妹へと移っていく。

残ったのは良房の翼であった。

その年も暮れようとする一二月二七日、藤原高子（たかいこ）が入内した。すでに二五歳、惟仁よりも八歳の年嵩である。良房の兄長良の娘として生を受け、その美しさを謳われながら、この歳まで縁づかなかったのはとかくの噂が巷にささやかれていたからかもしれない。

しかしそうした噂は内裏の奥に起居する惟仁の耳には届かない。が、なによりも気になるのは何気ない御稜威（みいつ）のごとき勢いである。たわいもない話をしていても睦言におよんでも、惟仁は気おされる思いにとらわれる。歳から来るものなのか、性質（たち）によるものなのか……、楽しめない。ついつい多美子を召すようになる。


高子の入内にはむろん良房の思惑があった。一族の期待を受けて入内した多美子にはすでに二年経つのに子ができない。そのうえ応天門の変の折、多美子の父親である良相がとった妙な動きも気になる。兄である自分を押しのけて廟堂の実権を握ろうとしているのではないか、という疑いが浮かんでは消える。

それに比べ、高子の父長良はすでに無く、兄基経は息子のいない良房の養子となり、応天門の変でも危急を告げる働きを見せた。高子に言い寄る男の噂が気になるが、ここは高子をおいて他にない。

良房は心を決めた。

惟仁の前で良房は言う。

「唐では『楊家の女』のたとえが言われます。あまりにご寵愛がおひとりだけに過ぎまして、『馬嵬の駅』の故事のような事態を生んではなりませぬゆえご自重なされ、あまた均して愛でられますよう……」

良房はけっして「高子を」とは言わない。「均して」の語のなかに強く意を込めて惟仁をじっと見つめる。言葉は丁寧でも有無を言わせぬ口ぶりである。

貞観九（八六七）年三月一二日、皇太后明子が東宮から常寧殿に遷ったことを祝い曲宴（内輪の宴）が開かれた。惟仁は盃をあげ祝いを述べ、朝から夕暮れまで賑やかに過ごしたのである。またその日、勅があり、多美子の兄常行が従三位、多美子自身は正三位に進んだ。入内間もない高子はいまだ正五位下の頃である。

しかし好事は続かない。その年一〇月初め宮中の一室で右大臣良相が倒れ、邸に運ばれた。そして一〇日に薨ずる。

「多美子、父君が身罷ったこと甚だ残念だのう。齢五五とはいえ、まだまだ政を扶けて欲しかったのに。尫病だったとか？」

「突然のこととてわたくしも悲しむ暇もなく……。

なんでもその日、周りに侍る者に告げたそうでございます。

『きょうは鎌足公が始められた興福寺の維摩会の初日であり、我が閻浮（現世）の業の終わる夕にふさわしい。今日をもって我が寂滅の時とする』と」

「そうか、悟られていたのか……」

「そうなのでございましょう。いよいよとなりまして、子供たちに身を起こしてくれるように促し、西方に向き阿弥陀如来さまの根本印を結び、しばらくして息を引き取りました」

「ご立派だったのだなぁ。私もそうありたいものだ」

「何をおっしゃいますか、帝はまだまだ……」

惟仁は皇子生誕に話が及ぶのを避けるように話題を転ずる。

「そういえば、右大臣の逸話でもっとも世に知られているのは、あの仁明の帝の御代のこと。医薬に詳しかった帝が『五石散（ごせきさん）』という薬石を調合し、近侍の者に試しに嘗めてみてその精粗を教えよと命じたそうだ。が、誰も口に入れようとしなかった。その時、そなたの父君は杯を取ってすべて飲み干してしまった、と伝わる。帝は、君臣の義を忘れなかったとして、たいそうお褒めになったということだ。多美子はこの話、知っているか？」

「それは、私が生まれる前のことでございましょう。知るはずもございませんが、そんな思い切ったこともしたのでございますね。

父は御仏さまに帰依すること、それは熱心でございました。齢四〇に届かぬまえにわたくしの母を亡くしましたが、そのあと後添えを娶ることはございませんでした。子としては不憫であったような気もいたしますが……」

「右大臣は、真言に精熟し俗事を廃して念仏に没頭していたとのこと。大勢の女御、更衣に囲まれている私の暮らしとは覚悟が違うのかな」

「まぁ、帝はお世継ぎを是非とも。とは申せ、私が不甲斐ないことでもございまするが……」

その翌年の貞観一〇（八六八）年一二月一六日女御高子は皇子を出産し、貞明（さだあきら）と名づけられた。

良房は安堵した。

「藤原の血がつながった……」

高子はその翌々年にも第四皇子貞保を生むが、多美子にはまったくその気配が無い。

多美子が惟仁の目をじっと見つめてつぶやく。

「多くの方の入内が続きます。ようやくの思いでせっかく宮中に来られたのでございますから、わたくしのことは気にせずみなさまと親しく睦まじくおつきあいなさってくださいませ……、みなさまを大切にしてあげてくださいませ」

多美子はけなげに言うが、惟仁は割り切れぬ思いで、

「ほんとうは多美子、そなたの子が欲しいのだがな、なかなか思いどおりにはいかぬのう」

「申し訳ないことでございます。

わたくしは幼い頃より嫁ぐ先は帝さまより他にない、と言い聞かされて育てられました。藤原の家として、なんとしても次の帝となる御子をもうけるようにと。

しかし、御所に上がり世のことが分かるようになってまいり、帝の跡継ぎをめぐるこれまでの様々な争いごとを知るようになりますると、わたくしの産みました児がそうしたことに巻き込まれるのではないかと恐ろしゅうなりました。

もし児を授かりましても、その子には皇太子などという位からは離れて育ってほしいと願うようになりました。兄たちの児の無邪気でつぶらな瞳を思い出すとつくづくそのように思うのでございます」

## 良房の死

良房は素早かった。貞明の産まれた翌貞観一一（八六九）年二月一日にわずか三か月の幼児を皇太子とした。のち陽成（ようぜい）帝となる。

この同じ年、富士の噴火以来の大災害が相次ぎ、新皇太子の行く末に不吉なものを予感させる年ともなった。

五月二六日東北で大地震が起こる。「海は口を開けて吼え、その声は雷に似る」と当時の記録が伝える。「人々は立ちあがることができず、建物が倒れ下敷きとなったり地面が裂けて埋まってしまった。驚くべき大波、大潮が海岸から数十里までを青海原にしてしまい、舟に乗る暇もなく山に登ることもかなわなかった千人ばかりが溺れ死んでしまった」などと惨状が綴られる。

後世、大地震の代名詞にも使われる「貞観大地震」である。

これより前、五月二二日には、新羅の海賊が二艘の船で博多に来襲し、年貢の絹綿を略奪して逃走した。改めて半島からの脅威が露わになり、大宰府の手薄な警備体制が問題となったのだった。

さらに七月一四日には肥後国に巨大な台風が襲来、「建物倒れ、圧死者多数、六郡が水没」と伝わる。岸から山までの数百里が水没し海のようになったという。

ひき続く災害を祓うため、この年六月七日、国の数にあたる六六本の鉾を祇園社に立て、一四日には神泉苑に御輿をおくり厄払いを行った。今に伝わる祇園祭の始まりとされる。

一方、一〇月に入って廟堂は災害復旧と被災に伴う困窮者への物資の支給や税の免除などの国家による賑恤（しんじゅつ）（救済）を決めた。

多美子が言う。

「あちこち災害が多く政は大変でございますね。おからだお大事ございませんか」

「そうなのだ、こう災害が続くのは私の不徳ゆえであろうかのう？

いまの貞観という年号はな、唐の太宗皇帝が作りあげた太平の世「貞観の治」にちなんで名づけられたのだ。その太宗皇帝と臣下の問答をまとめた『貞観政要』という書があってな、そのなかに『水旱（水害・干ばつ）調わざる（異常発生する）は、皆人君の徳を失うが為なり。朕の徳の修まらざるは、天当に朕を責むべし』と太宗皇帝が語ったと記されているのだ。

ちょうどこの八月に仁明帝一代の事績を記した『続日本後紀』が成ったのだが、この二〇巻をつぶさに読むとな、毎年のように災害が繰り返されている。治めるということはほんとうに難しいことだとつくづく思う」

「祇園社に鉾を立て御輿を神泉苑に送りお祓いをなさったとお聞きしましたが、神の霊験はいかがだったのでございましょう？」

「そうだな、お聞き届けくださったようでもあるし、いまひとつのようでも……。いや、いかんな。神を疑うては、な。

霊験あらたか、ということでは、たしか仁明の帝の世に酷い日照りが続いた時のことだが、数多の僧の読経にも雲ひとつ湧き出でず、皆ほとほと困っていた折、たいそう和歌（うた）詠みに長けた小野小町という女官が神泉苑にて雨乞いの和歌を奏上したところ、俄かに大雨が降ったとか」

「そのお話し、わたくしもお聞きしたことがございます。たしか、

千早振る神も見まさば立騒ぎ　天の戸川の樋口あけ給へ

というお和歌（うた）でございました。

その小野小町というお方は、神の御心をも動かす和歌をおつくりになりますとともに、その美しさでも神さまを魅了されたのではないかと、宮のなかでもたいそう評判になったとのことでございます」

「そのようだな、私の周りにも、そのような神の心を捉える神伎（しんぎ）の者がおると心強いのだが……、

それにしても、神をも惑わすほどの美しき姿にいちど会うてみたいものだなぁ」

「まぁまぁ、惟仁さま。

小町という方はまだご存命でしょうが、当時は二〇前としても今ではもう齢四〇を過ぎておられることになりまする。ご入内は難しゅうございましょう」

「でもなぁ、美しい女性は歳をとらぬというぞ。むろん、召そうなどと思っているわけではないがな。

それにしても、たしか仁明帝の世のことだと思ったのに、その雨乞いのことがこの『続日本後紀』のどこをさがしても見当たらぬのだ。どうしてなのか、と思うてな……」

「わたくしごときが政の端に口をはさむのも憚られますが……。

その史書は伯父の太政大臣さまがまとめたものでございますれば……」

「そう、良房殿が筆頭で編修したものだが、それが……？」

「されば、仁明帝のお后さま順子さまは太政大臣さまのお妹御でございますし、そのあとの文徳帝お后の明子さまはお子さまでいらっしゃいます。太政大臣さまにとりましては、このお二人には是が非でもご自分の血がつながった親王さまを産んで欲しいと強く願っていたと聞いております」

「で、」と惟仁は身をのり出す。

「ところが、とくに仁明の帝は小野小町さまにご執心であったそうな。小町さまが皇子さまを産むようなことがあったら大変なことになるのではないか。

そう考えられ太政大臣さまは、それとなく小町さまを宮から遠ざけるよう諸々行われたとか。それゆえ、あらゆる書物からもその名が顕れることのなきようお取りはからいになった、と。

わたくしの父も元気な時には、あの国史の編修に携わっておりましたので、そのようなことを……」

「そこまでして……。

しかし、和歌はすでに世に知れわたっているゆえ、小町の作として伝わっているということか。

そのような様々な思いを踏みつけて、この私という帝があるのだとしたら、なにか虚しい、のう」

「その和歌につきましても密かにささやかれていることがあるようでございます。

　空を行く月の光りを雲井より　見てや暗にて世は果ぬべき

という小町さまが詠んだと伝わる和歌についてでございます。

ふつうには、かつて恋し合った男の方を月にたとえ、我が住まいの前を月（その男の方）が素通りしていってしまう。この暗のまま一夜は（二人の世も）終わってしまうのでしょうか、と嘆くおなごの心を感じとるのでございましょうが……」

「うん、私もそう思うが……」

「ところが、雲井（雲間）にいる人が月の光りを遮り下界はまったく暗くなってしまった。我が身が被るべき月の光りを途中で遮るものがある、この暗を暗のままいつまで続けておかれよう、という恨みの和歌であると読みとる方がおられますようで。

それを伝え聞きますと藤原の家の者も……」

「そうか、月は仁明の帝になぞらえることができるかもしれぬのう。となると、それを遮る雲井の者に対する怨念がなぁ……。

あまり美しすぎるのも不幸を招くということなのか」

「そうなのでございます。そのうえ、次のような和歌も事になっているそうでございます」

物をこそ岩根の松も思ふらめ　千代経る末も傾きにけり

「うん、私も知っているぞ。たしか、五月五日の節句に。菖蒲にさして、この菖蒲と壮夫の語をかけて詠じた和歌だとか聞いたが。

物を言わない（岩根の）女もあなたを思い、千夜も経ったすえにどうしていらっしゃるのかしら、と首をかしげています、という恋心を歌ったものと聞いているが……」

多美子が言い難そうに声をひそめ、

「藤原の娘が言うのもおかしいのでございますが、なんでも藤は大きな木に絡みついてその木を弱め、ついには命さえ奪うこともある、と古書にあるそうでございます。

そう考えますと、藤が松の力を奪い、千歳を経た松（末）を傾けようとしている、と読みとることができるという方もいらっしゃるとか。

そのようなこともあり太政大臣さまも徹底して小町さまが宮廷に出入りできぬようになさったのではないでしょうか」

「『千代の松が傾く』とは……、只事ではないな。

これはほんとうに小町が和歌なのか？　わが身のなかにも藤原の血がたくさん流れておる。

こうなると穏やかに会うというわけにもいかんなぁ」


貞観一三（八七二）年が明けて二月一四日、惟仁は初めて紫宸殿に出御して政務をとった。仁明帝以前、帝は毎日のように紫宸殿にて政をみていたが、文徳帝以降それが途絶えていたので、内裏の者はこの親政を喜んだ。しかし長続きはしなかった。これまで一三年にわたって習慣となったやり方はそう簡単には変えられるものではない。ましてや惟仁は強引に変えるような性質でもなかった。

この年九月二八日、太皇太后順子が逝った。良房の妹、良相の姉、つまり多美子には伯母にあたる。

「父が逝ったことも悲しいことでございましたが、太皇太后さまがいらっしゃらなくなり我が住まいが無くなったような思いがいたしております。宮中の様々なしきたりや決まりごとをお教えくださり、またたいそう可愛がってくださいました。私がこうして何とかおそばにお仕えできますのも、伯母上さまのお導きのおかげでございます」

と多美子は泣き崩れる。

「温和な方でございました。お若きころ朝起きて手を漱ぐと指先に小さな虹が生まれた、と伝わるほど麗しきお姿でいらっしゃいました」

「太皇太后様の御子である我が父文徳帝が若くして崩じ、それはそれは嘆き悲しまれたそうな。山科の安祥寺を発願され、私財をつくして寺を整えられたとのこと、ご立派だったことだ。もうすこし我々を見守って欲しかったものよのう」

「まだわたくしが幼き頃はよく順子伯母さまに連れられていとこの皆ともお会いし遊んだものでございます。基経さま、明子さま、そして高子さまとも」

「そうだ、それにしても高子は如何しているのであろうか。叔母上であり、また皇太子貞明の曽祖母にあたるというに……。

なんでも近ごろは年嵩の歌人などを邸に招いてたびたび歌宴の集いを開くのに夢中になっているとのことだ。住む世界が異なるような気がするのう……」


母を同じくする兄妹四人のうち、兄、弟は既に無く良房だけが残り、世代は大きく変わろうとしていた。

その良房自身も翌一四（八七二）年二月ごろから流行りだした咳逆病（しわぶき）に再び罹る。三月には銭五〇萬を平癒の祈祷料にあてたが効果ははかばかしくない。惟仁の気遣い、娘明子の度々の見舞いも為すすべなく、半年以上にわたる長い闘病のすえ九月二日身罷った。六九歳であった。

年ふれば齢は老いぬ　しかはあれど花をし見れば物思いもなし

仁寿（にんじゅ）三（八五三）年良房が五〇歳になろうとする折、娘明子が文徳帝に寵愛されていた頃詠んだ歌であるが、思いのままの生涯を全うした良房にふさわしいものであろう。

惟仁にとり良房は祖父である。が、血のつながった家族というよりは、廟堂における保護者であり、政の指南役であった。即位してからは惟仁の行いすべてを詳しく指し示した。しかし元服した後、具体的なことをあまり言わなくなる。それに替え、このような決まりがございます、先々帝の御代からこのようなしきたりになっております、などの助言のもとに惟仁がそのとおり廟堂で指示すれば、良房が思い描いたように物事は進んでいくのだった。

惟仁にとっては、思い悩むこともなく、政庁に波風をたてる心配もせず、政は滞りなく進む。一方で、惟仁が長ずるにつれ、これで良いのかと思うこともいくつか出てきた。自分にとって安楽で都合の良いやり方が、必ずしも万民が歓迎し納得する政とは限らないのではないか、という言い知れぬ疑いがふつふつと心のうちにきざすことがあった。

応天門の火災についての大納言をはじめとする処罰についてもそうである。古くは承和の異変についても同じような疑問が胸うちに湧きあがる。廟堂における目の前の安定を図ろうとするなら誰かの罪科として事件を収めることが必要かもしれない。さらにはそうした機に自らの廟堂での力や地位を高めるために画策することも性(さが)かもしれない。しかし、それが過ぎると世の中の義を侵すことになるのではないか、とも思う。

廟堂の実力者が消えて、惟仁は裸になって内裏に座っているように感じられるのだった。

これより少しまえ七月一一日に惟仁の兄惟喬は病臥し、それを理由に急に出家し洛北小野の里に庵をかまえた。二九歳であった。

元服の時から大宰帥（だざいのそち）、弾正尹（だんじょうのかみ）、常陸太守（たいしゅ）、上野太守を歴任したが、その位や禄を授ける勅を発するたびに、惟仁は胸に重苦しい痛みを感じた。

「私ごときが兄上様に対し……」

惟喬は、河内国牧野村に渚の院と名づけた別業（べつぎょう）（別荘）を持ち、たびたび歌宴を楽しんだという。この地の桜はことのほか美しく、身分の上下を問わず集う者皆が歌を詠み花を愛でた。


散ればこそいとど桜はめでたけれ　うき世になにか久しかるべき

惟喬の叔父にあたる紀有常（ありつね）やその有常の娘婿である在原業平もしばしばこの集いに顔を出し、飲みかつ歌い、そして心置きなく世を寿いだ。

また近くの交野（かたの）の原で狩りをしたのち院へ帰り夜更けまで飲み、そして語り明かしたとも。

との噂を伝え聞いた惟仁はなんとも言えず羨ましい感情に襲われる。日々煌びやかな儀式が、そして豪華な酒宴が自分の周りには用意されている。如才ない周りの者たちが退屈させないよう見事に立ち回る。しかし、それはすべて役目柄、職務上のことで、自分もそれを大いに楽しむさまを演じている。その演ずるということに、惟仁は些かうんざりしていた。

それに比べ、兄たちの心おきない日々はどうだ。


渚の院をめぐる回想はつづく。

「今宵の月はことのほか見事でございますなぁ」と誰かがふと呟くと、「それではひとつこの月を惜しんで……」と有常。


おしなべて峰も平らになりななむ　山の端なくは月も入らじを

遠くを見つめながら惟喬がもらす。

「私もかつては帝になれぬことを恨みもした。が、帝とは窮屈なものだとある時気づいたのじゃ。格（きゃく）（律令の修正・補足のための法令・詔勅）によるとあれをやってはなりませぬ、式（律令の施行細則）に則るとこのようにしなければなりませぬ、とな。御所という格式ばった中でしばられて右往左往するより、気ままなこの暮らしがいちばん、としみじみ思うことよ」


その情景が浮かんでくるようで、惟仁の孤立感はますます深まるのだった。

多美子は言う、

「兄常行（ときつら）は右馬頭（うまのつかさ）在原業平さまともご昵懇でございまして、ときおり右馬頭さまから惟喬の親王さまのお話しがでるそうでございます。

惟喬の親王さまは、それはご聡明な方と評判でございました。さすれば女子の浅はかな慮りにございますが、お兄君と惟仁さまがおふたりとも帝におなりになる道はございませんでしたのでしょうか。世の習いとは申せ、口惜しゅうことでございます」

「二年ほど前になるかなぁ、兄君はお体がすぐれず出家され、叡山の麓、小野の里に隠棲されたのだ。それでな、お暮らしが不自由だろうと百戸の封を申し出たのだが……、
辞されるのだ。

『朕、体ヲ異ニシ、気ヲ同ジウス。昵愛ノ懐知ルベシ。一株ノ連枝、栄枯ノ期ヲ相共ニス』

とまで書き添えたのだが。

兄君の申すのは、水と石ばかりの幽閑の地、俗塵を去り清澄な境地で暮らそうと努めているので、有り余るものを受けとっても蓄えるところとてない、というご返事だった。

再三お問い合わせしたのだがなぁ」

「それはまぁ、仙人さまのような……」

「このように太政大臣が居なくなった時に兄君がそばにおいでになったら……、どれほど心強いことだろうかのう」


とうとう良房のいない世を迎えた。惟仁を守っていた大翼が消えた。二三歳の若き帝にとって、これは解放というより厄難となった。

他方、社交好きの高子は、いよいよその才を発揮していた。皇太子の母であることから「二条の后の東宮の御息所（みやすどころ）」と呼ばれ、邸に素性法師（そせいほうし）、文屋（ふんやの）康秀、そして在原業平など当時の錚々たる文化人を招き、歌宴の集いを盛んに催していた。和歌や大和絵の描かれた屏風をめぐらし、小人数で歌を詠み合う楽しみに興じていたが、惟仁には縁遠い世界であった。

廟堂は、左大臣源融（とおる）、右大臣藤原基経以下。なかでも良房の養子でもあり、高子の兄である藤原基経が大きな力を持つことになる。

# 譲位

多美子の後ろ盾でもあった順子が逝き、良房が姿を消し、兄惟喬出家の報せを耳にして、惟仁は頼るべきものがすべて消えていくような心細さを感じていた。支えはとうに七〇歳を超えた真言僧真雅だけ。「宝石のよう」と言われたその声は滑らかでいまだに惟仁を明るく力づけてくれる。

「帝はまだお若い。二〇歳を少し過ぎたばかりではありませぬか。まだまだですぞ」

「しかし先が見えませぬ、何をしたら良いのか見当がつきかねるのです」

「長い時の流れの中で、そういう時もございます。あせってはいけませぬ。しばらくはご辛抱が肝要でございます。耐えていくうちに何かしら見えてくるものです。古(いにしえ)の書物をお読みになると、その中に見えるものがあるやもしれませぬ」

「群書治要」、惟仁は、唐初期にまとめられ帝王学として尊重されたこの五〇巻を読み通し、さらに、文章博士であった当代唯一と言われた文人菅原是善（道真の父）を召して進講を受けた。つづいて司馬遷の「史記」をひもとく。

しかし惟仁には書のなかの有り様と世のうつつとは異なるように感ずる。

「民が法の支配を受けるのは、あたかも魚が水に棲むようなもの。水が澄んでいれば平静であり、濁っていれば騒ぎが生ずる」と記されており、つづいて「騒ぎのある世に民は安んじて暮らすことはできない。平静な世であれば民は暮らしを楽しみ、豊かとなり、争いも止む……」と書にあるが、「水が澄んでいる」、すなわち「澄んでいる世の中」とは、どのようなものであろうか。果たしてそのような世があるものだろうか、あるいはつくれるものだろうか？　疑いが尽きない日々が続く。

三年有余の辛抱ののち目にしたのが、大火災である。

貞観一八（八七六）年四月、太極殿から火が出て数日間燃え続けた。正庁である朝堂院の枢要な建物の焼失は、内裏で孤立の思いを深めていた惟仁に衝撃をあたえ耐え難いものとなった。

惟仁は多美子につぶやく、

「災難が続くことよ。三年の前になるなぁ、春宮庁院から火が出た。そして次の年には淳和院の火災……」

「そうでございました。丑の刻と申しますから、お住まいになっていた正子内親王さまは、深くお休みになっていたでしょうに。取るものも取り敢えず素車（凶事に用いる飾りのない車）で火より逃がれられたと聞きおよびます」

「そうなのだ、申し訳ないことだ。そのうえ昨年には、なんと嵯峨天皇が譲位の後お住まいだったあの由緒ある冷然院まですべて焼けてしまった。なんということだろう。

火ばかりではない。紫宸殿前の桜が折れ吹き飛んでしまったあの大風はいつのことであったろうか」

「あれは淳和院の火事のまもなくあとのことと覚えておりますれば、同じ年の夏のことではございませんか。風ばかりではなく雨もそれはそれは酷うございました。紫宸殿前の桜ばかりではなく、東宮の紅梅や侍従局にありました大梨なども吹き倒されてしまいました。ほんとうに悲しいことでございました」

「そうそう、木々ばかりでなく、百姓や牛馬が没溺し、死んだ者は数えきれないとの報せがあった」

と惟仁は嘆息する。

「そのうえ、このたびの太極殿じゃ。

七年前になろうかなぁ、陸奥国では大地震が起き、肥後には大風が襲うという災いが続いたことがあった。その後よくよく御仏にお祈りしおすがりしたつもりなのだが……。

自然のものであれ人が為すものであれ、世の災いは帝の不徳がその元であると言うが、まだ御仏に対する帰依が足りないのであろうか、のう」

ひとつひとつの続く災厄が若い帝の胸に鋭い棘のように突き刺さった。

「真雅僧正、もう十分でございます……」

惟仁は心の中で低く呻いたのだった。


火災から三か月後の七月二一日、諸準備が素早く整い早朝から太極殿の再建工事が始まった。

その二七日のことである。多美子が嬉しそうな笑みを浮かべて惟仁に告げる。

「ご存知でしょうか、東山の下に見えました五色の雲のことを」

「いや、気がつかなかったが……」

「申の一刻（午後三時すぎ）ころでございましたでしょうか、山の裾をたどるようにたなびいておりました。あるいは虹かとも思うたのですが、どうも形が異なるようでございました。唐の『天文要録』という書物があるとのことでございます。それによりますと『景雲』と申すものだそうでございます。なんでも『天子孝なれば則ち景雲見る』と書いてあるとのこと、吉兆おめでとうございます。

これで、太極殿の造作もつつがなく進むのではございますまいか」

しかし、こうしたささやかな慶事も惟仁の心痛を完全に拭い去るには至らなかった。

貞観一八年一一月二七日、惟仁は母明子の住居である染殿院(そめどのいん)に幸し、その翌日譲位の思いを示した。この日、太皇太后正子内親王のもとに使いをおくり譲位を奉告している。まっさきに知らせた先が正子内親王であるところに惟仁の心にあった慮り、悩みを垣間見る思いがする。

二九日に染殿において譲位の儀式が執り行われた。詔は言う。

「自分は徳が薄いのに皇位を継ぎ、日夜慎んできた。しかるに、長く君臨するも熱病が頻発し、体が病弱で朝政を聴くに堪えない。それだけでなく、近年、災異が頻発し天下が安らかにならない。このことを思うごとに憂傷がいよいよ深く、皇位を棄てて病気を治し、国家の災害を鎮めようと思い年が過ぎた。皇太子の成人まで待って数年を経たが、自分も昔、幼くして皇位を継ぎ、賢臣の補佐によって今日まで至っている。したがって、良きたすけがあれば皇太子の成人をどうして待つことがあろうか。

そこで、皇太子の貞明親王に皇位を授け、皆が清直な心をもって皇太子をたすけ導けば、天下は平らかになるだろう。……」

未だ二七歳、しかし在位は一八年を数えた。

新帝となった貞明は、惟仁即位時と同じ九歳であり、通常であれば譲位した惟仁が上皇として幼帝を補佐することになる。しかし、惟仁はこれも放棄した。もう政はこりごりだった。

国家財政の負担が多くなるからと「太上天皇」の称号とそれに付随する服御物（ふくぎょぶつ）も辞退した。代わって、右大臣基経を摂政に任じ、政にあたらせたのだった。


譲位のしきたりを終えて住まいの染殿院に戻る時、惟仁は苦虫を噛みつぶしたような顔をしていた。百官が居並ぶこうした厳粛な場でなかったら、この澄みきった冬空の碧に向かって快哉を叫びたい気持ちで昂っていた。物心ついてからこのかた、惟仁は常に帝であった。その役を演ずることを求められ、自らも知らず知らずそうすることが自分の務めだと思い込んでいた。帝であるということはどういうことなのか、どうあらねばならぬのかを自分で明らかにしないまま帝であることだけを受け入れていたのだ。

思いかえすと、唐から渡ってきた盆養（今でいう盆栽）のように丁寧に育てられてきた。鉢に生けられた花木の苗が四六時中世話を焼かれる。充分な水や肥を与えられ花を咲かせ、枝ぶりを世に向けて整えられる。

そのようなおのが姿――太政大臣がこうあるべしと言う。母后がああしたらとの素ぶりをみせる。年嵩の妃高子が気勢で示す。そのすべてに応え、役を演じようとする自分。そうした姿に気づき、訝しい思いを持ったのはいつのことであったろうか。

帝というこの世の最も高い位にありながら、目の前で行うことは国という大きな仕組みのなかの一つの歯車の動きに過ぎないのではないか。臣下が練りあげて持ちあげてくる案件に対し、異議を唱えたり考え直すように言ったことはほとんどなかった。黙って頷いたほうが混乱なく早く事が進む。煩わしいことは周りが適切に解決してくれ、自分は勅に確認したと署名し御璽を押すことで政は恙なく済む。そこに惟仁の考えや意欲が盛り込まれることはない。官衙の仕組みが整えられ帝として自分が関わらずとも国は淀みなく流れていく。言わば、帝とは飾り物のようなものだ、とその時痛切に思った。

「天皇機関説」――千年以上後の世で唱えられた政治理論は、この時惟仁の頭の片隅にきざした直感が摂関期さらに武家政権の時代を通じて脈々と受け継がれ、明治大正期に政治の理論として唱えられたということかもしれない。

それ以来、惟仁の心の奥底には時々折々様々な考えが浮かんでは消えた。自分はなぜこの役柄を演じているのだろう、いやなぜ演じなければならないのか?

思えば、自分には似合わぬ姿を生きてきたのかもしれない。しかしだからと言って、自分にふさわしい姿はいずれにあるのか、と問われても確かな答えを持っているわけでもない。

あるいは、よりふさわしい人がいるのではないか、と思いをめぐらしたこともある。三人の兄たち、とくに長兄の惟喬の凛々しい姿がひしひしと胸に迫ってくる。あの兄こそこの役割を果たすのにふさわしい才を持つ人だったのではなかろうか……。

兄たちは母が異なっていた。しかし兄は兄である。

一つの家の中で育つ兄と弟がいることを初めて知った時の驚きもまたとりわけであった。女ばかりの家で育った惟仁にとっては。在原行平、業平兄弟のことが心に浮かぶ。兄弟の仲の良さを時折耳にする。母が異なるにもかかわらず、ふたりはともに鷹狩を楽しみ、宴に興ずる。ことに業平は、惟仁の兄惟喬のそばに仕え、たびたび惟喬が持つ渚の院を訪れ、和歌を詠みかわしたり酒席を楽しんだりしていると聞く。

そう振り返ってみると、惟仁にとり心底うちとけて酒を酌みかわす同輩は皆無だ。独り、であるという思いが晩秋の冷気のように肌に感じられる。

「よき政とはどういうものか?」とふと考える。

ある者は言う、

「だれも死なずにすむ、ということではございませぬか」

それだけでは惟仁は納得できない。

ただ死ななければ、それで良いのか。「生きる」ということには、その他にもっと何かがあるのではないのか。心が充つるとか……。

真雅なら何と答えるだろうか?


こうした心の逍遥、心の迷いのなかで、多美子だけが惟仁にとり憩いであった。多美子の前で惟仁は演ずる必要はなかった。自ずと浮かんだ思いを気ままに語り、みなぎってくる欲をあらわにし、手足を活き活きと自由に動かすことができた。

譲位を終えしばらくの後、寒さはつのるが晴れわたった午後、惟仁は新たな住まい清和院の居室で多美子と向き合っていた。

「ひさしぶりだなぁ」

「ほんとうに……」

「帝を退いて気分が晴れやかになった。重かったのだなぁ、あの帝というものは」

「女子のわたくしなどにははっきりとは分かりかねますが、生前の父の行いなどを見ておりますと、廟堂で政を担うとさまざまな悩み事が生ずるようでございました」

「そうなのだ。その煩わしいことから離れていよいよ好むことを思うさま為すことができる。箱に入れられて縮んでいた体が伸び伸びとしてきた思いだ。とうとう自分の思うよう動けるようでな。嬉しいのう。

　しかし何でもできるとなると、さて何をするか迷ってしまう。

　嵯峨帝のように文芸の道に秀でているわけでも無し、そうかといって獲物を狩るようなことも仏に帰依する者として好まんし……」

「上皇さまは、楽をたいそう嗜(たしな)まれるのではございませんか？」

「うん、仁明の帝はたいそう楽を広めることに力をそそがれ堪能な者を蔵人になさったほどでな。その頃から琵琶の名手として名高い藤原貞敏様に私もお教えを受けたこ

とがあるのだ。それで琵琶も笛もいささか奏でることができるがな。

そう、秘曲などの伝授を受けたこともあった……。だがなぁ、日がな一日琵琶を鳴らしているわけにもいくまい」

「さすれば、これまでも真雅さまのお導きで仏道について多くを学んでこられたのですから、そちらの道を究めてみるのはいかがでございましょう。

とは言いましても、その昔我が父とご親交のありましたあの高岳（たかおか）親王さま、そう真如さままでございましたか、あの法親王さまのように異国や天竺までのご修行となっては途方もないことで困りまするが」

と多美子は遠慮がちに申すのだった。

「そうだな、私には仏の道しかないかもしれぬ。

幼き頃、延暦寺の座主円仁（えんにん）殿から灌頂（かんじょう）を授けられた。そして、即位して間もなく菩薩戒を受け、素真（そしん）という法名も賜った。

そうそう、その翌年には淳和太后（正子内親王）様も円仁様から菩薩戒をお受けになり、その折、良祚（りょうそ）という法名を授かったそうだ。

これを機に改めて仏の教えを深く考えていくことが私の進む道かもしれないな。

ところで、これで入内の嵐も無うなることになるかな。貞明はまだ幼いから召すというわけにはいくまいし……。

入内を心待ちにする大勢の娘が困っておろうなぁ、いやむしろ大勢の娘の親たちと言うべきかな？」

といたずらっぽい目を多美子に向ける。

「そうでございます。私の父も惟仁さまが元服なさるのを今か明日かと待っている様子でございました。おかげさまで、入内できましてわたくしはほんとうに幸せでございました。上皇さまになり浮世を離れられても私には惟仁さまは惟仁さまでございまする。これから後もよろしくお願いいたしまする」

「そうだな、これから修行に励むとなると……、色恋ぬきで時には茶でも喫しながら楽しい話でもしようぞ」

これまで多くの女子がいた。女御一三人、更衣六人、それに加え宮人六人ほど。そのなかには、抜けるような白い肌に黒髪が艶やかな臈たけた風情の者、あるいは円やかな目から屈託のない笑みがこぼれる初々しき者もいた。

そして多くの子供が。

五〇人にものぼる皇子女をもうけた曽祖父の嵯峨帝にはとても及ばないものの、親王一〇人、内親王四人、賜姓源氏とした子五人。

が、これだけ多くの女子や子のうち家族と思える者はどれほどいることだろう?

そう考えると惟仁はますます自分がひとりであると痛切に思う。

一族の期待を背負い是が非でも皇子を生むという使命を負って入内してくる女御、更衣たち、そこにどれだけのまごころがあるのだろうか。女と男のあいだの情とはそれだけのものなのだろうか。

その中で確かに思うのは、心からの慈愛を惟仁に注いでくれる多美子の存在である。それがたとえようもなく嬉しい。

多美子に児ができなかったことが惟仁には心残りだった。しかし、帝や皇太子の位をめぐるこれまでの多くの悲惨で不可解な出来事を振りかえるとき、むしろ自分がいなくなったのち、多美子が無用の争乱に巻き込まれることなく静かに暮らしていくことがなにより、と思い直すのだった。

# 出家

惟仁は譲位すると右大臣基経を摂政に任じ、自身は政から距離を置き仏道に帰依した。膳はあおものにかぎり、女色を絶った。

そして、惟仁が幼い頃より真雅と共にそばに侍していた宗叡に勧められ、華厳・涅槃など大乗経を熱心に学んだ。

年号が貞観から元慶（がんぎょう）と改まった年（八七七年）の一一月二二日、多美子は従二位を受ける。さっそく惟仁のもとにあいさつに訪れ、

「思いもよらぬことに驚き入りました。二位と申せば、大臣さまの御位でございます。御子を産むこともできなかった者に、あまりに畏れ多いことでございます」と。

「まぁ、良いではないか。子はたくさんおって困るほどじゃ。それよりも、さまざまな災危が続き暗い思いに沈んでいた私の心の支えになってくれたのだから十分なこと

をしたいと思うてな。

そうなのだ、多美子がいてくれるだけで、話すことができるだけで、爽やかな光がさしてくるような気がしたものだ。それがどれだけ帝の位にあった私の癒しになったことか。なんとか務めを為すことができた。ほんとうに感謝しているのだ」

遠くをのぞむように目を中空に漂わせ惟仁は続ける。

「譲位する前にはよく夢でうなされた。

天の神からなのか、仏からなのか定かには分からぬのだが、絶え間なく責められるのだ。おまえの政が至らぬ、だから天災、人災が続くのだ、と。

わしものう、それでは如何したらよろしいのですか、と尋ねるのだが、それは教えることではない、みずから祈り、学ぶことだとしか返事が無い。それでも、どうか手がかりだけでも、とすがるのだが、それきり暗やみの中に取り残されてしまって……。

真雅様にすこしお話ししたところ、経を読むことに心を集め、迷いを祓うことが肝心とお教えを受けたので、そう努めたのだがなぁ。それでも悪夢はなかなか収まらなかった。

それがどうだ、位を離れた途端、そうした夢はまったく見なくなってな、心が軽く快いのだ。

ところで、多美子はどのような夢を見るのかな？」

「そうでございますね、まだおそばに仕える前には、よく御所の夢を見たものでございます。

父からはいずれ御所に上がることになる、と聞かされていましたものですから。御所とはどのようなところなのか、と幼心に不安を感じていたのでございましょう。

知らない女官の方に案内されて大きな広間に通され、ここで待つように言われました。しかし、待てども待てどもどなたもいらっしゃいません。小鳥のさえずりも聞こえなければ、花のかおりも漂わず、どこかこの世とは思えぬ深閑とした世界に置き去りにされてしまったような気がしたものでございます。

そのうちに、廂（ひさし）の陰から怨霊が飛び出してきて襲いかかってくるのではないかと、怖くて怖くて身を縮めているうちに目が覚めるのでございます。

でもお陰様でいまはそのような夢を見ることはございません」

二年後、年が明けて三日に僧正法印真雅の死が伝えられた。

貞観寺にて、七九歳。

さらに、三月二三日には太皇太后正子内親王旅立ちの報せが届いた。

敬愛する人たちの続けざまの訃報に惟仁の心は沈む。このような時には多美子に心のうちを吐露することしか思いつかない。

「悲しうて寂しうてならぬ、太政大臣がのうなった時よりも、なぁ。御歳七〇だったそうだ。あの承和の異変から三七年の年月が流れたが、もうお心は鎮まっていたであろうかのう」

雲の厚い陰鬱な日であっても、多美子が近づくと明るい光がきざし、爽やかな早春の気がかすかに香るのがなんとも嬉しい。

「お姿麗しく、しとやかで立ち居振る舞いが礼儀にかなって素敵なお方とわたくしも遠くからお慕いもうしておりました。ご年齢とは言え、残念でなりませぬ」

「淳和上皇、嵯峨上皇ご崩御の後はおふたりの菩提を弔い、仏教に篤く帰依されていた……。

そうそう、淳和帝のご葬儀の様子は聞いているかな?」

「と言いますと……」

「淳和様は純粋に仏道を極めようとされた。だからご自身のご葬儀もこれまでの帝の例とは異なるやり方を求められたのだ。仏教の教えに従い火葬にし、骨を山の上から散らすように、とな。

長らくおそばに仕えていた中納言藤原吉野が、親王の散骨の例はあるが帝の前例は皆無であるので思いとどまって欲しいと懇願したのだが、帝はこう申されたということだ。

『人は死ぬと霊は天に戻り、空虚となった墳墓には鬼が住みつき、遂に祟りをなし、長く累い(わざわ)を残すことになる、と聞いている。死後は骨を砕いて粉にし、山中に散布すべきである』とな。

そして翻意なさらぬまま息を引き取られたのだ。

それからが大変だったらしい。正子内親王様は、反対する父嵯峨上皇様をはじめ周囲を説得してようやく散骨にこぎつけたということだ。

中納言吉野と相談し、大原野の西にある小塩山(おしおやま)から散骨することにして、その麓の物集(もづめ)の地で火葬することになった。内親王様は、火葬し、骨を砕き、それを山上まで運び上げ散骨するまですべてに立ち会われたのだ。これもこれまでにないことだから、役人たちもさぞ戸惑ったことであろう。

それにしてもお優しいなかに思い切ったご気力も備えたお方だった」

「淳和の帝をそれほどまでに敬いお慕い申し上げていたのでございましょうね。そのご葬儀だけではなく、あの嵯峨の御所を大覚寺というお寺に改められたのも内親王さまでございましょう。そこには、尼僧に医を施すための建物をもうけたり、尼道場をお作りになったりなさり困った民をお扶けになったとのお話もお聞きしました」

「そう言えば、その大覚寺発願の起草文は、なんでもあの菅原是善の子で菅原道真という若い文章博士が書いたものだということだった。なかなかの名文だったぞ。そう、貞観一八年二月二五日に私が『額を賜い大覚寺と称す。天下に頒行(はんこう)せよ』と詔勅したのだった。

淳和院様があれほどまでにこだわってご遺勅になった火葬はな、仏道ではあたりまえのしきたりとのことだ。仏教を開かれたお釈迦様も火葬して仏塔にお納めしたという。だが、散骨となると、なぁ。淳和の帝はどこから思いつかれたのであろうか……?

私もその時になったら仏道に従い執り行って欲しいと思っているのだが」

ついに、元慶三(八七九)年五月四日、惟仁は清和院より鴨川を越えて粟田院に遷り出家、八日夜に落飾し、素真と名乗った。戒師を務めたのは真雅僧正示寂(じじゃく)の後、そばに仕える宗叡であった。

この時惟仁の周りに仕えていた何人かが出家した。多美子も尼となったが、高子はどうしていたのか、伝わらない。


「多美子も尼になったそうだな。そう無理をしなくても良いものを」

「いえいえ、素真さまが仏門に入ってしまわれましたら、私とて仏の道に帰依することしか思いあたりません」

「そうか、世では仏門に入ると世を捨てたように言う者もいるが、私にはそうは思えないのだ。帝を貞明に譲位してのち僅か二年が過ぎたばかりだが、生まれ変わったように実のある暮らしを感じている。

帝であった間は自分が自分ではなかったような気がする。あらゆることをそれらしく演ずることが役割だった。

それに比べると、この二年あまりはなんにしても自分が思うようにすることができる。貞明に対しては申し訳ない気がするが、譲位してほんとうに良かったと思っているのだ」

「私などはあずかり知らぬことながら、たいへんな重いお務めだったのでございますね。今後は心おきなくお過ごしになられますね。なんでも嵯峨上皇さまなども譲位後のお暮らしをそれは楽しんで過ごされたようにお聞きしますが……」

「うん、嵯峨様は文芸にたいへん優れておいでだったからなぁ。空海師や橘逸勢(はやなり)とともに『三筆』と言われた方でもあるし、漢詩にも堪能だった。とてもあの方の真似はできん。

私はな、多美子、頭陀行(ずだぎょう)を行いたいと思っているのだ」

「頭陀行と申しますと……」

「元服した頃、円仁様から受戒したと話したことがあったろう。その折聞いたのだが、仁明の帝の頃円仁様は唐に渡り五台山の地で修行に励み、それが悟りを深めるきっかけになったとのことだった。その様子を『入唐求法巡礼行記』という書物にまとめておられる。

その話を聞いてからこの方、五台山は私のあこがれの地になったのだ。一度はこの目で見、この肌で彼の地の気を感じてみたいと思うてな」

多美子が珍しく気色ばんで、

「それでは、真如法親王さまと同じように……、めっそうもございませんことを……」

「そうそれよ、唐に渡るなどというのは無理なのは承知している。そこでだ、どこぞ五台山に見立てて頭陀行を行う地を見出せたら、と思っているのだ」

「どこかお心当たりが……」

「うん、吉野の奥のあたりの山々には、仙人などが修行する山寺がいくつかあるという。そこを巡って山林修行するのはどうか、宗叡様に尋ねてみようと思っているのだ。宗叡様も渡唐して五台山で修行を積まれてな。そこの大華厳寺では、私の発願として千僧供養を行ってくださったのだ。ありがたいことに私の心も五台山に結びついた、そんな気がしているのだ」

とはやくも頭陀行に心が飛んでいるがごとく、

「さきほどの話の真如法親王様も

『悟りを求めて道場で修行をしても菩薩の道を成し遂げることができず、戒を守り禅行を行い学んでもなおその道を遂げられず、いよいよ諸国の山林を跋渉し斗藪（修行）のところを求め』

と言われていたそうな。そして、唐に渡る前、南海道で修行を積まれようとされていた。

私が唐の五台山まで行くことは到底かなわぬことだと分かっている。貞明もまだまだ幼いことだし……。しかし吉野の奥あたりなら、できないことはないと思うのだが。

帝であるときには望むことすらできなかったが、いまでは考えることができる、嬉しいことだ。わくわくするのう」

「お山の中を頭陀行、ということになりますとたいそう長い間ということになりましょうか」

「それは、どこの寺院を巡るかなど、宗叡様と打ち合わせしてみないとな。まぁ数か月はかかるだろうかなぁ」

「まぁ……、寂しゅうなりまする」

そろそろ霜の下りそうな寒さが身にしみる一〇月二四日早朝、清和上皇は牛車で粟田寺を発つ。導くは宗叡師、付き従うのは在原行平（業平の兄）と藤原山蔭（やまかげ）の二人だけである。貞明帝が気遣い護衛の者を遣わしたが惟仁はすべて帰してしまった。

「譲位したのちの第二の人生、そして仏道に入っての第三の人生だ。もう気遣う必要はない。公卿や蔵人から話を聞くことも、女たちと睦むことも、『均（なら）して』などと考えることも、しなくてよい。政の中ではもう価値が無くなったのだ。だから警固はいらん」

と、ひとりごちた。

牛車が初めに向かうのは深草の貞観寺。良房の扶けにより真雅が建立した惟仁ゆかりの寺で、ここまでは通い慣れた道である。

その後、大和国東大寺へ。大毘盧遮那仏を初めて仰ぎ見る。

「思えば、六歳だった五月、この大仏様の頭が自然に傾き落ちてしまったのだった。その修理の大役を担われたのがあの真如法親王様だった。それから六年近くの歳月をかけて工事が進められ貞観三年三月一四日開眼会が行われた。なんでも、仏師が籠に入り轆轤で引き上げられて御仏の眼を点じ、それはそれは荘厳極まりないものだったという。

大仏殿の最もうえには棚閣が築かれ、その舞台で裳裾をまとった天人天女が渡来の楽に合わせて舞い、さながら天上の世を思わせる華麗な供養となった、そんな報せを聞いたものだ」

と惟仁は思いを遡らせる。

圧倒されるような大きさの、それでいて遥かな高みに導いてくださるようなその御仏と対面していて、ふと思う。

「そういえば、真如法親王様は、唐の国から天竺に向かったと亡き右大臣に聞いたことがあった。お元気であろうか、今はどうして……」

惟仁の回想はつづく。

「思いかえせば、真如法親王様はそもそも高岳親王様とおっしゃり、平城帝の皇太子であった。伊予親王様も桓武帝に寵愛を受け帝になるのではないかとささやかれたこともあったという。そして正子内親王様の皇子恒貞親王様も皇太子であった。これらの方々がそのまま即位されていれば私が帝になるようなことはなかったのだ。考えてみれば、数々の偶然の細い糸がかろうじてつながり私が帝になった、ということなのかもしれぬ。

それが果たして、世に良いことだったのかどうか……。

いやその道筋のなかで多くの血なまぐさい争いごとがあり、無念の思いを抱えながら消えていった人々を思わずにいられない」

大毘盧遮那仏の御眼はやさしく微笑んで、堂外からは鳥のさえずりが聞こえてくる。

東大寺を後に春日山中に分け入り香山寺に、そしてすでに紅葉が散りつつある山々に神野寺を訪ねる。さらに長い道のりを明日香を経て吉野へ向かい、ようようの思いで比蘇寺へ着く。面長の阿弥陀如来様のお優しい御顔が「よくぞおいでになった」と語りかけ、その微笑みに吸い込まれるような思いがする。

ついで吉野川を遡り竜門寺へ向かう。途中北の山から流れ落ちる滝の水しぶきが真言の教えで言う「金剛」のように清く透きとおりきらめく。

惟仁が傍らを行く宗叡に語りかける。

「山の声が聞こえるような気がします。このような深山に足を踏み入れると山のにおい、山のいろに包まれ心が開くような心持ちになります。ここにこそ人の道があるのだという思いがふつふつと湧きあがってまいりますが」

「そうでございます。ここには人が作り出したものはほとんどございません。それゆえ自然の営みをそのまま五感で受けとめることができるからでございましょう。

仏の道では、眼・耳・鼻・舌・身を五根と申します。世を味わい、世に触れるすべを申しますが、このなかで『眼』すなわち『見る』ことが何よりも強い力を持っておりますので他の感覚を覆ってしまいます。そこで、この『見る』ことから解き放たれることが肝心となりまする。

目をふさいでごらんなさいませ。目が開いていた時には気づくことのなかった『肌のおもてをかすめる気の流れ』、『土からただよい昇る香り』、『かすかに響く虫の声』など諸々のことにお気づきになるようになりましょう。木ずれの音にしても一つではなく三様も四様もあることが。

このような気づきがより深く世を知るきっかけになることと思いまする」

「なるほど、山中で修行することにより仏の世界に近づくとはこのようなことを言うのでございますか……」

「陛下が、山の音や声に気づかれるようになりましたのは、その入り口に至ったということでございましょう」

細くなった川沿いに南の坂を行くと山の奥に大滝寺が現われる。

それぞれの寺では一〇日ほど滞在し、朝夕、曼荼羅を前に理趣経を唱え瞑想修行を繰り返す。さらに、ある朝には大日経を、ある夕には金剛頂経を読経し飽きなかっ

た。しかし、この厳寒の山中での修行が体の弱い惟仁には無理となり命を縮めることになったのかもしれない。

「五台山を考えるなら、まだまだこの程度では山岳修行とは言えぬかもしれぬ」

と言いつつ、

「かつて私の病を癒してくれたことから勝王寺との名を授けた寺が摂津の国にあったはずだ。そこにも足を延ばしてみよう」、と。

こうして南都（奈良）の街なかに戻り生駒の山を越え摂津の平野を横切って、春の兆しが感じられるころ、紫雲たなびく北摂の山にさしかかる。吉野と同様登りは厳しく、そして深い。だが、箕面の大滝の堂々とした水音に心洗われる思いだ。

寺に着き、まずは六代座主行巡（ぎょうじゅん）上人に導かれ、十一面千手観音像の前に跪（ひざまず）きひたすら読経する。その後、上人に尋ねる。

「私が与えたのは『勝王寺』という名ではなかったかな？」

「さようでございます。しかしながら、『王に勝つ』とはいかにも畏れ多く、『王』の字を『尾』といたしましたが、せっかく頂戴いたしました御名でございますゆえ呼び名は『かつおう』といたしております」

「そうか、なかなかの知恵だな。末永く使って欲しいものだ」

この北摂の地で清和上皇を喜ばしたのは里人の歓待である。

宿所で観月の宴が催された時のこと、周りの民がこの地の「山ノ井の清水」で汲みあげた水に桃の花を挿して献上した。惟仁はたいそう喜び、そして思った。あちこちで天変地異、流行り病、飢饉が頻発し、それは自分の不徳のゆえだと心を痛めてきた。しかし、この民の厚情はどうだ。

こころよい憶えとともに勝尾寺を後にし、山城国海印寺に立ち寄り、そのあと丹波国水尾の地に歩を進める。

大堰川を遡り松尾の社を過ぎて北へと向かう。雙ヶ岡(ならび)を見るほどになると京洛一条から西に延びる道をたどることになる。登り下りを繰り返した先が開けて水面が広がる。広沢の池だ。小高い山の南に広がる水面にかすかに春のぬくもりが萌(きざ)し、ひととき心が和む。山の左、なだらかに下る稜線に嵯峨天皇の御陵が眺められ、しばし歩を休め両手を合わす。

広々とした嵯峨野をさらに進むと荒れ野の果て右手に大きな木立が見えてくる。大覚寺である。惟仁の曽祖父にあたる嵯峨上皇が晩年を過ごした嵯峨院をもとに、貞観一八年二月、嵯峨天皇皇女で淳和太皇太后、そしてかつての皇太子恒貞親王の母である正子内親王が開いた真言寺院だ。開祖には、その恒貞親王が出家して恒寂(ごうじゃく)と名を改め就いている。

惟仁は寺に立ち寄り恒寂師に親しく声をかけ、正子内親王の御陵に参ろうとも思ったが、その思いをグッと押し殺した。くやしさ、恨めしさをようやく断ち切って静かに仏道に帰依している方のこころに、いまさら無用の波風を立てる必要がどうしてあろう。

もし承和の出来事が起こらず恒貞親王が帝におなりになっていたら、自分は帝位を継ぐことはなかった。兄惟喬との葛藤に悩ましい思いをすることも、帝の役割に窮屈な気持ちを抱くこともなかったろう。さまざまな思いが行きかうが、ふりかえっても詮無いことに思われる。

この時から四年ほど後、貞明帝（陽成天皇）が廃位となった折、時の太政大臣基経は後任の帝を恒寂師に打診した。恒寂は、仏道修行に専念しており、またすでに六〇の高齢であることを理由に断った、とのやりとりがあったことを惟仁は知る由もない。

恒寂師は、元慶八（八八四）年九月二〇日、「沐浴静座し病无く」薨去したと伝わる。遺命により薄葬だった。

大覚寺の大きな山門を過ぎしばらく行くと、寺の西隣に接して源融の嵯峨別荘である棲霞観が見える。

棲霞観からしばらくはなだらかな登りがつづき、化野の如来寺（現、念仏寺）が左に姿をあらわす。空海上人が野ざらしになっていた遺骸を埋葬し千体の石仏を建て供養したと伝えられる寺である。

さらに歩を進め愛宕神社の一の鳥居で神社への径とわかれ左の山道をたどる。峠を越えるとやがて聞こえてくる沢の音。清滝川の流れが清々しく目に映る。川はすぐに保津川に合流し、一行はその川沿いを遡っていく。やがて川を離れて厳しい登りに。鬱蒼とした樹々のなかをひたすら上る。湿り気を帯びた枯れ葉の朽ちた匂いがしっとりと心を落ち着かせる。遠くでは、生まれたばかりの雛鳥のたどたどしい囀り。

ふと、頭陀行の折宗叡師が語ったことが惟仁の頭に浮かぶ。

「人は、径を取り囲むこの樹々を暮らしに役立つ材木とだけ考えてしまいがちでございますが、木はその一本一本命を持っております。それぞれが声を発し語りかけておりまする。その声をよくよく聞くようにせねばなりませぬ。

また、人には光の当たっているものだけを見る習性がございますが、この周りの樹々の重なりをご覧なさいませ。陽があたりくっきりと見える葉もあれば、影となった黒々とした奥に揺れる葉もございます。さらに陰に目を凝らせばほかにもさまざまなものが見て取れましょう。思いもよらぬものがそこに潜み、それぞれが生きているのでございます。

人の世でも同じでございまする。光の当たるところで華々しく活躍され敬われている方々もおられますが、かたやその陰で塵芥（ちりあくた）を人知れず片づけるごとき業に携わる者もおりまする。どちらが欠けても世は成りたちませぬ。『光』だけではなく『陰』もまた世に欠くことのできぬものなのでございます。

廟堂で政を担っておりますとついつい命じたり為したりすることが習いとなりますが、政から遠ざかりますと互いに話し合い心を通わせることの大切さにお気づきになるのではないでしょうか。そして『陰』の大切さもまた。

人とのかかわりだけではございません。獣にも花木や岩石にも語りかけ、またその声を聞くことができるのでございます。

譲位されしがらみから離れて物事をお考えになりますと、木石のささやきが胸に響いてこられるのではありますまいか。廟堂における政につきものの故事来歴、習慣などはもしやいまの世にふさわしいのかどうか、と思いいたることもあるのではありますまいか。

ほんとうに世に必要なこと、を考えてまいりますと、これまで御所でご判断されていたのとは異なるお考えも浮かんでくるのではないかと。

差し出がましいことでございますが」

突然開けた場所に出る。里の三月、水尾の緑はひかりに煌めいて眩しいばかりだった。

一九日水尾山寺に着く。その後のきびしい修行のさなかでも、どこからか希望が飛んでくるような明るい気持ちになり、惟仁は胸いっぱいに大気を吸い込んだものだ。

草木の芽吹きのにおいがして、そのなかにかすかな柚子の香りが混じる。

水尾の里を彷徨しているとなぜか肩の力が抜け、心が安らぐ……。

このころ京洛で催された内宴で、良房の後を継いだ太政大臣基経が詠んだ漢詩が伝わる。

酔うて西山を望むに仙駕遠し、微臣涙落つ旧恩の衣

酔って京の西山（嵐山方面）を眺めると、上皇様の乗るお車が遥か遠くを行くようにみえる。それを思うと涙があふれ、かつて上皇様から賜った衣を濡らしてしまった。

この詩は満座に深い感動をもたらしたという。

惟仁本人は、帝の役割を演ずることに倦んでいたのだが、奏し奉る周りに侍る貴族、役人たちからは慕われていたことを示す逸話である。

水尾山寺で惟仁はひたすら修行に励む。酒はもちろん、酢、塩なども断ち、食も二、三日に一度に限る苦行を己に強いた。

修行が一段落した八月二三日、惟仁は水尾山寺に仏堂を造営する手配のため山を下

り麓に営まれる棲霞観に移った。

後の世に小倉百人一首でことさら名高くなる小倉山の裾に建つこの館は、時の左大臣源融（とおる）（嵯峨天皇の第一二王子として弘仁一三（八二二）年に生まれ、かつ兄である仁明天皇の猶子（ゆうし）（養子）であった。そして、仁明、文徳、清和、陽成、光孝、宇多の六代の帝に仕え、寛平七（八九五）年、七四歳で没するまで廟堂の中心にあった）の別邸である。惟仁が訪れるとその頃政に距離を置きこの屋敷に籠っていた融が出迎える。

「親王、内親王が数多おられるなか帝となるのは至難の事でございますからなぁ」

「帝になるかどうかはほんの運の良し悪しの問題じゃ。しかしなぁ、なれぬのは地獄だというが、帝であることもまた地獄じゃ」

と、惟仁は兄たち、とくに長兄の惟喬がいまどのようにしているのかに思いをはせながらつぶやく。

「ごもっとも、それにしてもご幼少の頃より長い間よくぞお務めになりました。さまざまな災いや飢饉などもありましたが……」

後年、皇嗣を巡る論争が起きた折、「いかがは。近き皇胤をたづねば、融らもはべるは」(自分も皇胤の一人なのだから、帝の候補に入るのではないか)と融が主張したという言い伝えを知る者にとっては複雑な思いにとらわれる。

帝の位を引き継いだ貞明(陽成天皇)はわずか一七歳で皇位を追われた悲運を、しかしその後六五年の長きにわたり上皇の席をあたためたというその転変を、惟仁は知ることもない。

厳しい苦行は惟仁の体を蝕んでいた。秋が深まるにつれ体調のすぐれぬことが多くなり、仏堂造営工事の進み具合を確かめに水尾まで登ることもままならぬようになった。一一月二五日には病に臥せ棲霞観から東山の粟田山荘(のちの円覚寺)に遷る。

# 入寂

粟田・円覚寺。

堂のなかは、黒方（くろぼう）という香（こう）の厳かなそれでいてしっとりした薫りにつつまれている。惟仁に痛みはない。確かなことは何ひとつ感じられない。さまざまな姿が浮かんでは消える。兄の惟喬の笑み、真雅僧正の抱擁、正子内親王と恒寂母子の寂しげなさま。不思議と良房や高子の姿は眼前には浮かばない。

ぼんやりとした温かさ、それは多美子の気がただよいきたるのかもしれない。

元慶四（八八〇）年一二月四日厳冬の陽がやがて山裾に隠れようとする申二刻（午後三時半頃）、堂内は暗い。西方浄土の方に向かい結跏趺坐（けっかふざ）を保ち、定印（じょういん）を結び瞑想する。

口中で静かに経を唱える。


堂壁が無く遠くを見通すことができるなら、御所の甍を越えて西山の麓に亀の姿をした小倉山のまるい影を見晴かすことができよう。さらにその向こうが水尾の地だ。

そう思うと、このまま水尾の山上に誘われていくような心持ちを覚える。

その遥か彼方、西方浄土には、阿弥陀如来様がかがやき微笑んでいる。

近侍の僧が誦(じゅ)していた金剛輪陀羅尼(りんだらに)経もいつしか聞こえなくなった。

音もなく、香りも感じられない……。

意識が薄れていくなかで惟仁はぼんやりと思う。

「私は阿弥陀如来様の家族のなかに迎えられたのだろうか」


…………

伊勢物語は記す。

「この帝は、顔かたちよくおはしまして、仏の御名を御心にいれて、御声はいと尊くて申し給ふ」

三一歳。亡骸はその地で火葬され（現在、京都くろ谷にある金戒光明寺文殊塔東側に「清和天皇火葬塚」がある）、遺骨は遺言により水尾の山上に葬られた。

惟仁入寂の翌年、唐で修業中の僧中瓘（ちゅうかん）から報せが届いた。

唐から海路天竺に向かった真如法親王は、その後羅越（らえつ）（シンガポールの近く）で薨（こう）じられた、と。虎に襲われたとも、熱病でたおれたとも伝わるが、定かなことは分からない。

本願を遂げて故国に戻ることをどれほど願っていたことだろう。長安出立の折、法親王は次の詩を書き留めた。

身は長海の西浪に没すといえども
　魂は定めて故郷の本朝に帰らん

惟仁の没後、多美子は嘆き悲しみ続け、月日が過ぎても袖の涙は乾くことがなかったという。在世中、毎朝毎夕のように惟仁と通い合わせた手紙を収めた箱は百に余るほど。多美子はそれを開けて見るにつけ、また思いが乱れる。いっそすべてを焼いて空の煙としてしまおうと考えたが思いとどまり、この手紙を料紙に漉き直した。紙は墨を含んで薄墨色となった。

多美子はこの紙に法華経を書き写した。一文字ひと文字が天上の惟仁のもとに届き、その心に刻まれるようにと、時をかけ墨を惜しまず丁寧に。

そのうえで高僧、縁者を招いて大斎会をもうけて惟仁の霊を供養した。また、その日のうちに大乗戒を受けたので、人々は感嘆を禁じ得なかったという。

元慶七（八八三）年正月八日には正二位を賜っている。

「父もすでに崩じ兄も早逝し寄る辺なきわが身ですのに、左右の大臣さまと同じ位を授かるとは、畏れ多いことでございます。

これも先の太上天皇さまの無辺の御心のお蔭と思い、有り難くお受けいたします」

とあくまで恭しかった。

仁和二（八八六）年一〇月二九日、熱を発して倒れ、遅れること六年ののち惟仁のもとに詣でたのだった。

惟喬親王、法名素覚（そかく）は惟仁より二〇年近くも生きながらえた。

ある時、洛北小野にある素覚の庵を訪ねた者があった。

「薫香にお詳しい素覚様だけに、さすがに良いかおりですな。これは何という名の?」

「これは近ごろ作ってみたものでまだ名もございません。まぁ、私と同様の風来坊と言ったところでしょうか。ところで、このような辺鄙な里へ如何なるご用件でございますでしょうか?」

「惟仁帝、いや清和上皇様が薨ぜられたとのことで、それをお知らせにと思いまして……」

「そうですか、惟仁様が、なぁ。お疲れだったろう。惟仁は良い帝でありました。あまりに良い人柄ゆえ悩みを深うして命を縮めたのではなかろうか。

…………

帝の位というのは華やかなものです、が、孤独なものかもしれませぬ。廟堂がたいそう賑わっていても、その中で一人きりなのかもしれません。惟仁には気の毒なことをしたように思われて……」

惟喬は、寛平九（八九七）年二月二〇日旅立った。惟喬の持つ別邸渚の院における宴の常連で歌仲間でもあった紀有常はその二〇年前、在原業平も一七年前にいなくなった最晩年の世をどのように過ごしたのであろう。

白雲の絶えずたなびく嶺だにも
住めば住みぬる世にこそありけれ
（古今和歌集　巻一八）

いまや、そのこころに澄みきった（住みぬる）世界が広がっていたのだろうか。五四歳だった。

時は遡るが、惟仁がわずか九か月で皇太子となった頃、巷では次のような童謡（わざうた）（上代歌謡の一種。社会的、政治的な風刺や予言を裏に含んだ、作者不明のはやり歌。神が人、特に子供の口を借りて歌わせるものと考えられていた）がはやったという。

大枝を超えて走り超えて
騰（あが）り躍（をど）り超えて

我や護る田にや
捜りあさり食む志岐（鴫）や
雄々い志岐や

この逸話は日本三大実録の冒頭に紹介され、続いて「識者以為へらく、『大枝は大兄を謂ふなり』と」と記されている。すなわち、惟仁には三人の兄があり、その「三兄を超えて立ち給ひき。故に此の三超の謡有りき」と結んでいる。

赤子の惟仁がこの謡を知る由もないが、国の正史の冒頭四、五行目にこうした時の帝の正当性に疑問を投げかけるような掲載があることに、さらにこの時から五〇年余り後に編纂された書にはっきりと記されていることに驚く。

本人は詳しくは知らないものの、こうした経緯が惟仁を生涯にわたって苦しめたのではないだろうか。

（もっとも、日本三代実録は藤原基経の長男である時平が責任者となって編纂したものであり、大兄をのり超える幼皇太子の力強き（「雄々い」）様を描写したと解釈すべき、とする説もある。）

更衣棟貞王女から生まれた惟仁の第六皇子貞純親王の五代後が、歴史に名高い八幡太郎源義家である。その子義親の孫が、平清盛と争った義朝であり頼朝・義経につながる。

義家のもう一人の子義国の後裔をたどると足利氏や新田氏が出現する。また、義家の弟義光の系統を追うと甲斐武田氏に達する。惟仁の血が歴史の表舞台に再び三たび登場する瞬間である。

なお、北摂の地に今も信仰を集める勝尾寺は、その後伽藍の多くが源平の争乱で焼失したが、源頼朝の命により熊谷直実や梶原景時が力を尽くし再建した。ここにも源氏一族の清和天皇に対する尊崇の念が強く感じられる。しかし現代の鎌倉人からは忘れ去られているのかもしれない。

水尾の里の道脇、「清和天皇陵」と記された案内板のところから谷に下りる開けた明るい径をしばらく行くとほんの小さなせせらぎに出る。そこを渡ると打って変わって木々の影の濃い登り。登りきったところの切通しを抜けると石畳となり清和天皇の陵が現われる。

この水尾の静かな山あいで惟仁は、穏やかに眠っている。里全体に満つる少し甘みを含んだ爽やかな柚子の香が惟仁を家族のようにつつみこみ、これまでにない豊饒な時が流れているに違いない。

了

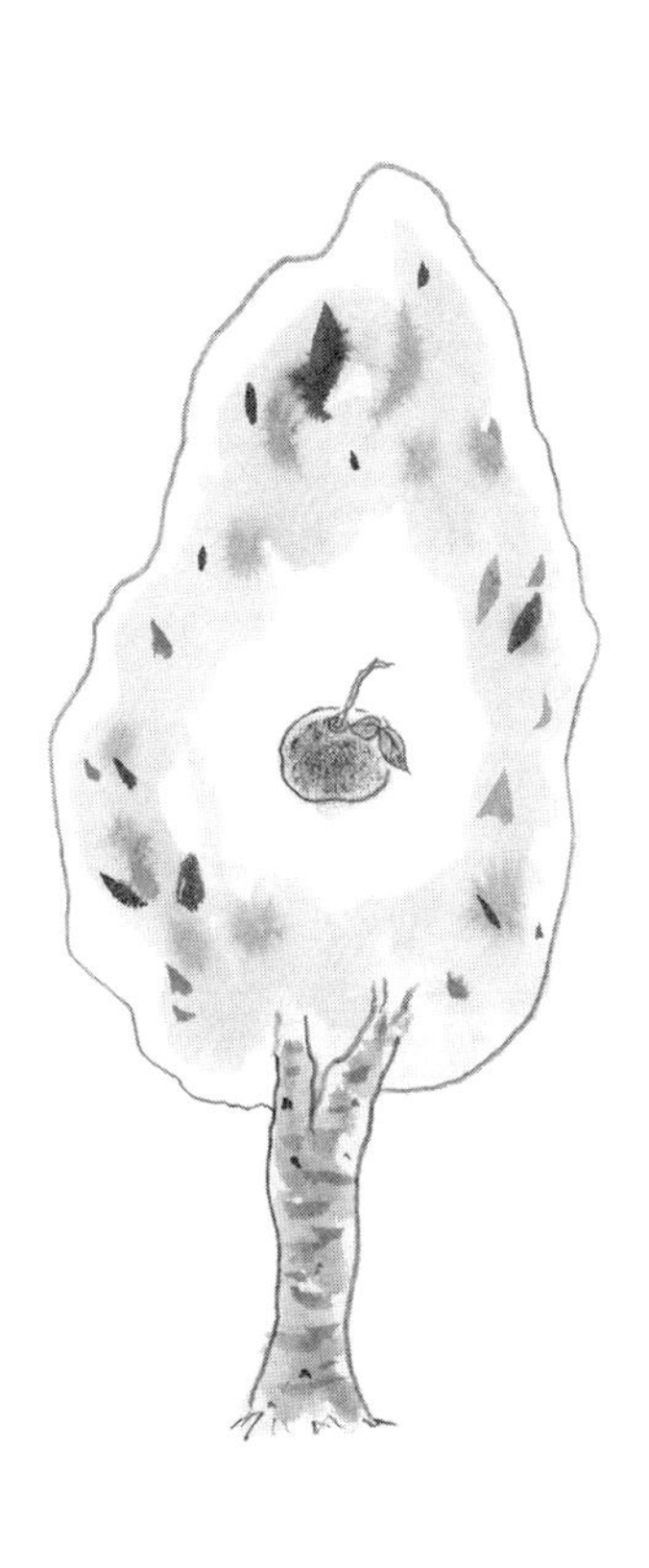

# 【天皇家関係図】

※数字は天皇の歴代

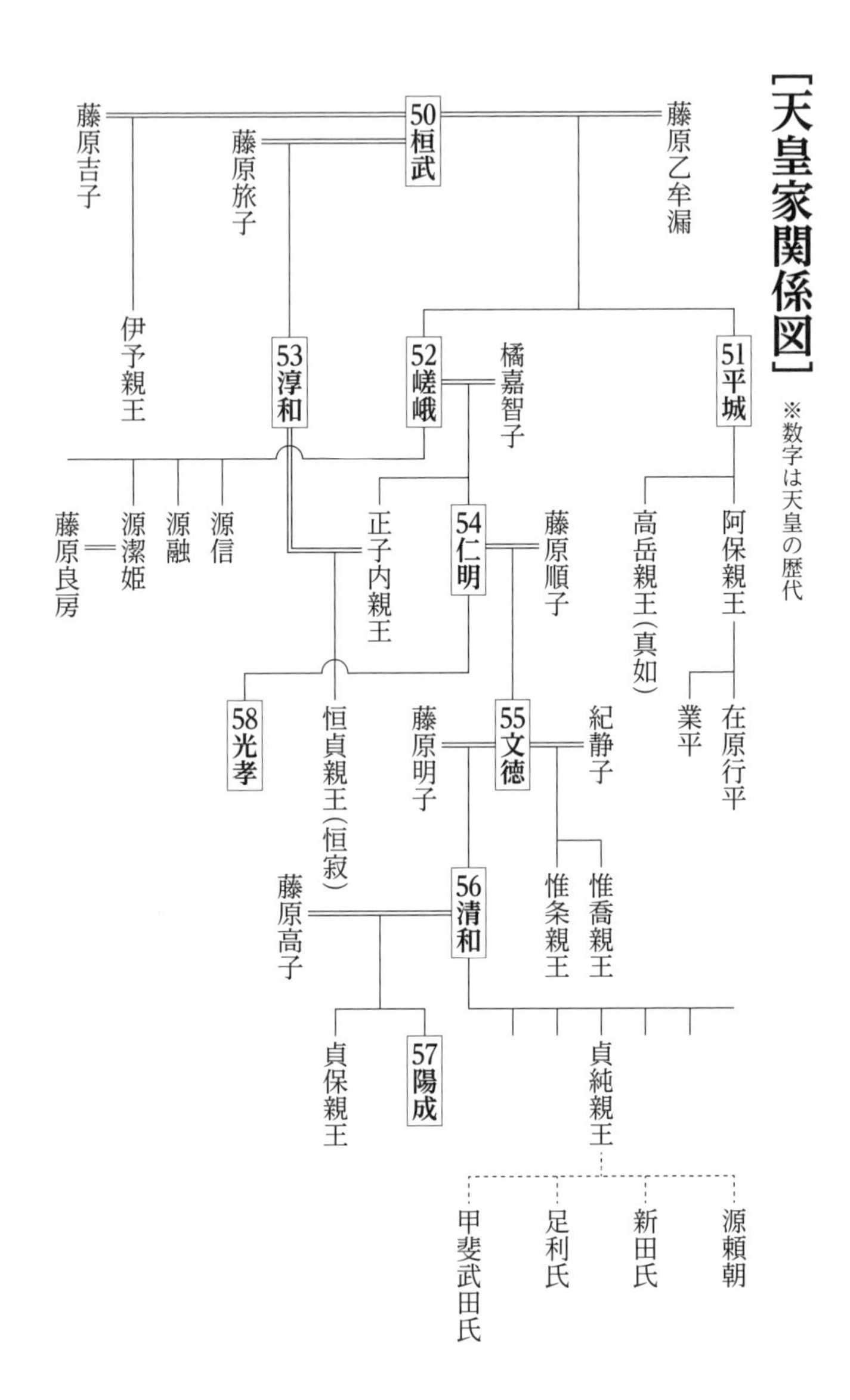

# 【藤原氏関係図】

※数字は天皇の歴代

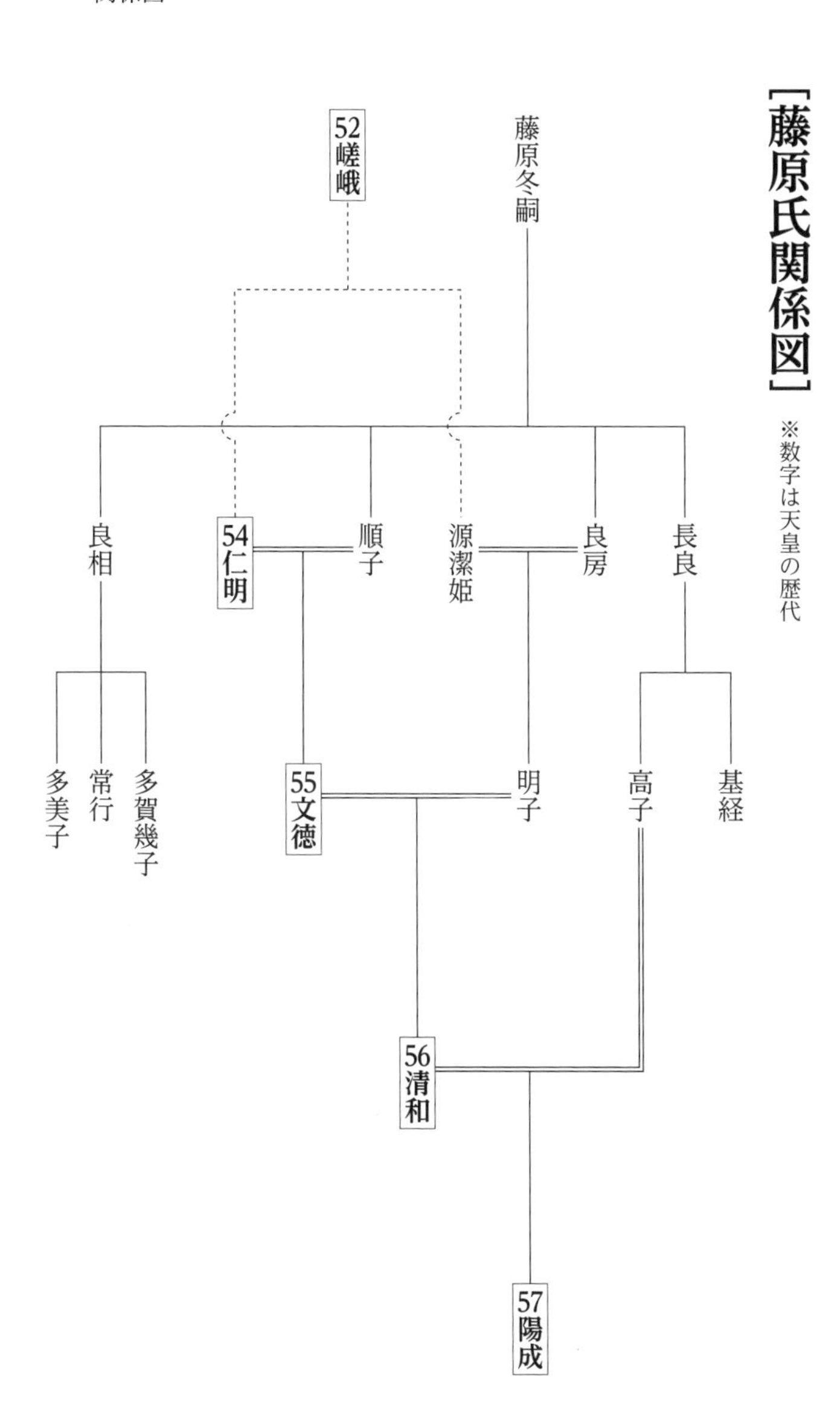

# ［清和源氏関係図］

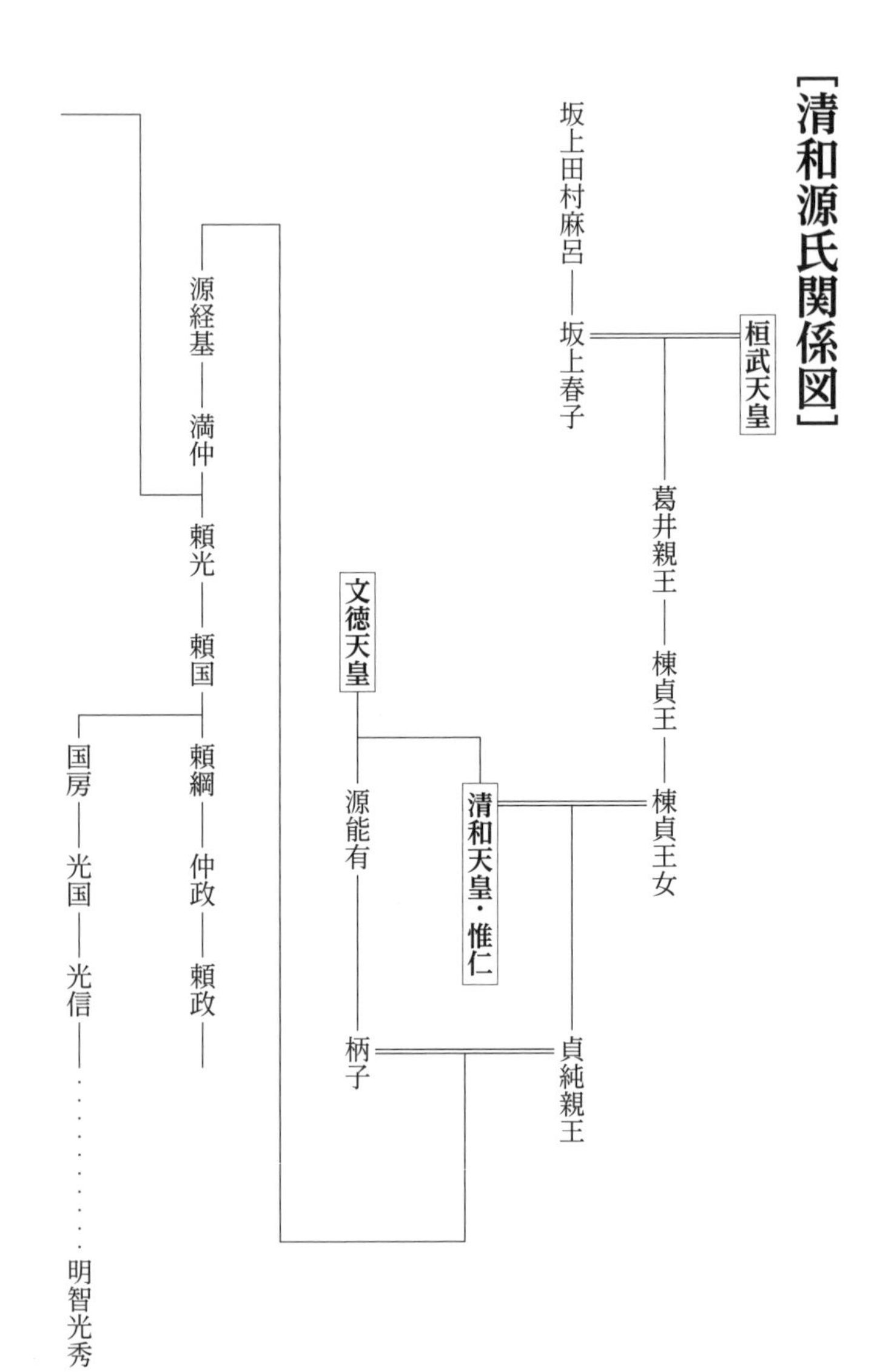
桓武天皇
坂上田村麻呂
坂上春子
葛井親王
棟貞王
棟貞王女
文徳天皇
清和天皇・惟仁
源能有
貞純親王
柄子
源経基
満仲
頼光
頼国
頼綱
仲政
頼政
国房
光国
光信
明智光秀

関係図

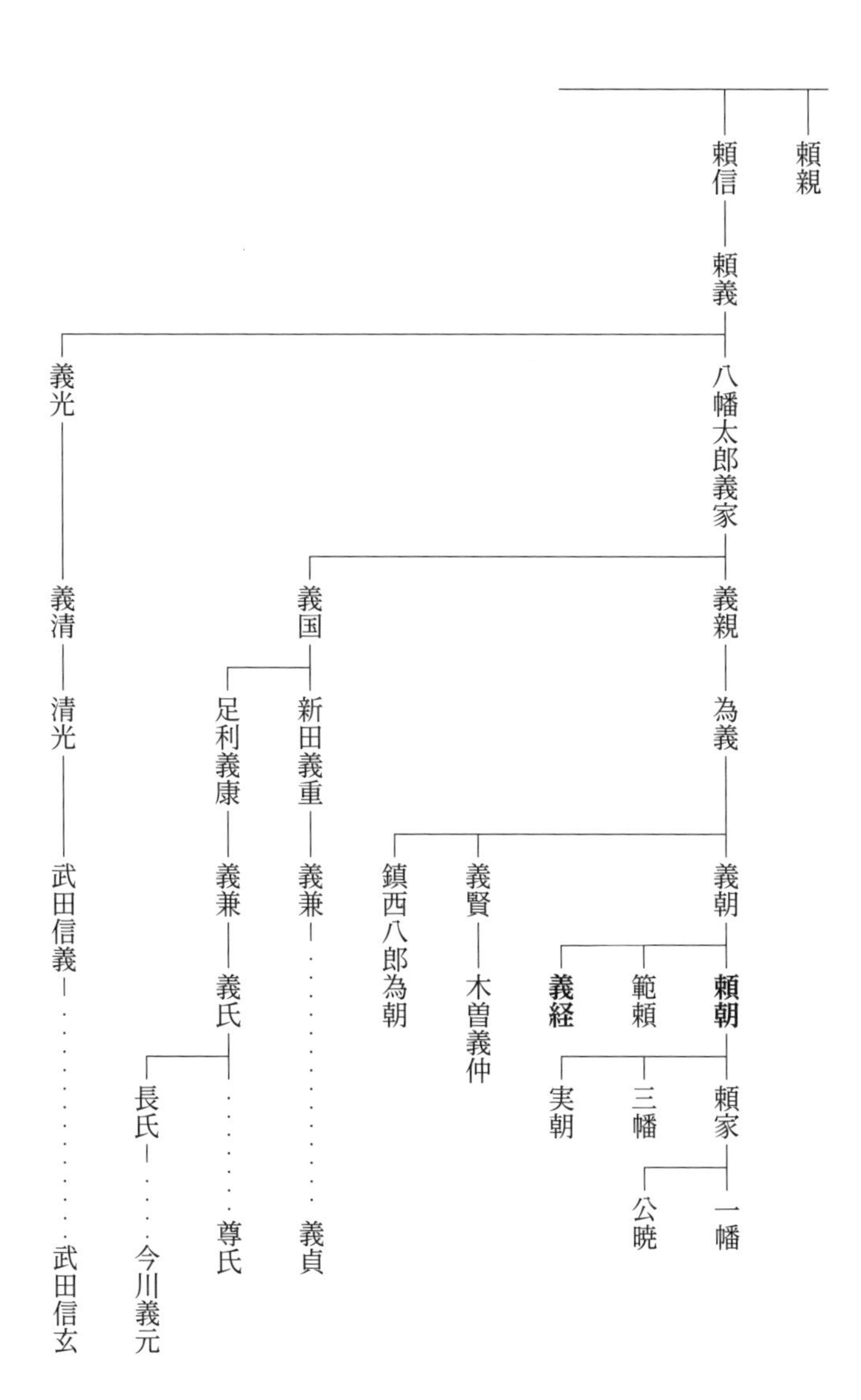

頼親
頼信
頼義
八幡太郎義家
義親
為義
義朝
頼朝
頼家
一幡
公暁
三幡
実朝
範頼
義経
義賢
木曽義仲
鎮西八郎為朝
義国
新田義重
義兼
義貞
足利義康
義兼
義氏
尊氏
長氏
今川義元
義光
義清
清光
武田信義
武田信玄

# あとがき

本稿を書き終えた晩秋、嵯峨野のまわりに点在する清和天皇惟仁ゆかりの史跡を訪ねた。再訪のところもあれば、初めての地もある。

まずは惟仁の曽祖父にあたる嵯峨天皇陵。

かつて嵯峨御所であった大覚寺から北へ五分ほどのところに嵯峨山上陵への登り口がある。そこからつづら折りの急坂を二〇分ほど登りつめると、広い階段状の正面に石作りの鳥居が姿を現わす。陵の周りは木々に囲まれ展望は望めないが、坂の途中からは広々とした嵯峨野を一望できる。田植え前にはいちめんに敷きつめられたレンゲの色鮮やかさ、刈入れ直前には稲の黄金の輝きがことのほか見事だ。大覚寺境内には大沢池、その左手に広沢池の水面が青空を映している。

陵を一周する小径を辿ると真裏に、見ると呪われると言い伝えられる「血の池」があるが、言い伝えさえ知らなければ春には明るく透きとおった水中に蛙の卵がもやい、孵ったおたまじゃくしが戯れ遊ぶのどかな水たまりだ。

次に目指したのは、嵯峨天皇から帝位を譲られた弟の淳和帝陵。

本文にも記したように、この帝は散骨を望んだのではっきりとした墳墓はないはずと思っていたが、改めて調べてみると阪急桂駅の西方小塩山に連なる大原野西嶺に宮内庁管理の陵があった。大原野神社の脇にあった案内表示をあてに登り始めたが道がはっきりせず結局林道を歩く羽目に。車道ゆえあきらかに遠回りで歯がゆいこと。通信設備などが林立するところを通り過ぎようやく陵への道を示す看板を見出す。大きな杉が両側に立つ石畳を進むとやがて急階段のうえ石柵の向こうに鳥居が立つ。このあたり一帯に淳和帝の遺骨が撒かれたのであろうか？　そう思って周囲をうかがうと感慨深い。陵の裏手「小塩山頂」の標示板の前で昼食。下りも道がはっきりせず、さらにはくるぶしまで埋まるほどに積もった落葉で足が滑り転ぶこと数回。思いがけない苦労のすえなんとか大原野神社まで下る。神社境内にある惟仁誕生の折産湯を汲んだと伝わる井戸に詣でて一日を終えた。

続いては淳和帝の后正子内親王とその長男で一時皇太子であった恒貞親王の陵に。京都府立北嵯峨高等学校の敷地の北西と東南に隣接し二〇〇mほど離れて宮内庁管理の丸山古墳と入道塚古墳があり、これがふたりの陵とされている。往時は大覚寺の境内であったであろう。今は高校のグラウンドや住宅などに囲まれて気の毒な気もするが、近づくと生い茂った木々に厳粛さを感ずる。母子が付かず離れず気心を通わせて世のあり様を見守っているようで心休まる思いが兆したものだ。

五四代仁明帝の陵は嵯峨野あたりからは少し離れた伏見深草に治定されているので後回しにして、つぎは惟仁の父文徳帝の陵に。

嵐電鳴滝駅の西歩いて五分ほどの新築住宅が立ち並ぶ北側に文徳帝田邑陵の入り口がある。坂を上ると瓢箪池を左手に見て陵墓までまっすぐ土手状の参道がのび、正面に陵。人が近寄ることのない池では多くの鴨たちが戯れ騒ぎ、そのうえを鷺が優雅に舞うのだった。

さていよいよ清和天皇陵に向かう。

これまでは車を使ったのだが、発起して嵯峨野から歩いていくことに挑んでみた。帰りはバスや電車でも、という軽い気持ちで。

往時の源融の別邸棲霞観が現在は清涼（せいりょう）寺となり小倉山の麓に建っているが、その境内西南寄りにある融の墓に手を合わせた後、愛宕神社の参道を進む。第五二代天皇の諡号（おくりな）である「嵯峨」は、中国南北朝時代の詩文集「文選（もんぜん）」に語源があると言う。「隠逸の士が隠れる山林」という意味だが、いまやこの参道の左右に土産物や飲食の店が並ぶ。その賑わいも、化野（あだしの）念仏寺を左に通り過ぎるあたりから徐々に山中の様を漂わせる。一の鳥居で参道と分かれ左の道を行くと鬱蒼とした針葉樹林のなかだ。早朝の寒さに手が凍え、ちょっとした急坂に息が弾む。登りきると六丁峠、切り立った崖の頭上を嵐山高雄パークウェーが通りバイクの音がけたたましい。そこからは一気に下り清滝川畔へ。流れはすぐに保津川に合流、川沿いに緩やかに登っていくこととなる。やがて保津峡駅に渡る橋のたもとに。ここまで九〇分、思いのほか順調だ。保津川の流れに別れを告げ水尾川のせせらぎ沿いを緩やかに登る。しばらくすると「明智越え・この先〇〇ｍ」の看板。本能寺の変数日前、明智光秀が居城のある亀岡（当時は亀山）から愛宕山へ必勝祈願のために越えたとされる山道である。いずれにせよ多くの歴史の綾が織りなす地である。左右に柚子の木々が見えるようになると水尾の里も近い。ひと曲がりふた曲がりして自治会バスの発着所に。そのまま家並みを通り抜けると「清和天皇陵」の案内板。ここから左に下り流れを渡った先を登る。以前来た時にはわずかな道のりに感じたが、登坂もかなり急で手間取る。そして静かに眠る清和天皇に再会したのだった。

ここまで嵯峨野を発ってから二時間半ほど。思いのほか楽に登ってくることができた。これも惟仁君（ぎみ）のおかげ、とするのはあまりにもありふれているだろうか……。墓前で、この小説を書き終えることのできたことを報告、感謝の念を伝えた。

水尾の里では、自治会長の松尾義徳さんとお会いし、親しくお話しすることができた。知らなかった水尾の歴史などの貴重なお話をうかがうことができ、またご馳走になったゆず湯の甘美も忘れられない。

余力があったので復路も嵯峨野まで歩く。朝方は寒さに手がかじかんだが、午後からは明るい木々のなか陽の暖かさを満喫できる小春日和の充実した一日となった。

ゆかりの地を巡る締めとして、東山の裾野くろ谷に伽藍を広げる金戒光明（こんかいこうみょう）寺に清和天皇火葬塚を訪ねる。

幕末、京都守護職を命じられた松平容保以下会津藩が拠点としたこの寺に、清和天皇ゆかりの場所があることを知る人は少なく、境内案内図にも記されていない。広い境内で尋ねること数回、本堂に詰める僧侶がようやくその場所を示してくれた。

構内中央あたりに位置する阿弥陀堂南東にある蓮池から東に続く長い石段を登る。この階段右側には法然上人御廟や熊谷直実、平敦盛の供養塔が並ぶ。ようやく登りきり墓石のすき間のか細いまでの径を文殊塔（三重塔）に沿って右に回り込んだところに石柵で囲われた何の変哲もない盛り土。「清和天皇火葬塚」と記された宮内庁の案内板が無ければ誰も気づかぬことだろう。

帰りがけ石段中腹から見渡せる京の街から西山にかけて広がる雄大な眺めにしみじみ惟仁の最後の日々を思い浮かべることができる。御所の甍(いらか)、双ヶ丘(ならび)とその先にもっこりと座る小倉山、さらには水尾の里を抱く嵐山から愛宕山の稜線が見わたせる。惟仁はこの火葬塚近くに営まれていた円覚寺境内から山々の稜線のさきに西方極楽浄土を思い描きながらひたすら経を唱える時を過ごしたことだろう。陽が傾き西山に没すると稜線が黄金の光に包まれる。この天穹のもと惟仁は阿弥陀如来のもとに旅立ったのだ。

多美子ゆかりの地にも詣でたかったのだが、皇后などの限られた人物を除きこの時代の女性の消息はほとんど知ることができない。多美子の父藤原良相の西三条第跡と言われるＪＲ二条駅の西に広がる発掘の地に佇み、かの頃を偲ぶことができるだけである。

平安時代は難しい。

この三九〇年にわたる日本史で最も長い時代のなかで歴史上脚光を浴びるのは中期以降の藤原道長、源平の勃興と後白河法皇などで、平安時代前期は影が薄い。図書館で蔵書を探しても大括りに「古代」に区分されてしまい、聖徳太子や天智天皇、額田王等々の人物の活躍に位負けしている。それでも西暦七九四年の平安遷都から道長、清少納言、紫式部が登場する一〇〇〇年ごろまでのおよそ二〇〇年の間、歴史がとまっていたわけではない。数々の儀式、事変があり、喜びと悲しみ、怒りと恕し(ゆるし)が交錯し渦巻いたことであろう。今回たまたま話題に上ることの少ない平安前期の歴史を調べてみて、この時代にも魅力ある人物が多く活躍し充実した人の営みがあったことを確かに肌に感じた。

また平安の世では和歌がさかんに詠まれ十二単(ひとえ)などの華やかな衣装で着飾った国風文化が全盛だったと思われがちであるが、前期ではむしろ唐風文化が称揚され漢詩が好まれるなど中期以降とは違っており、ひと口に平安時代と言ってもその時々でかなり異なる文化、社会が在ったことを知ることとなった。この物語を出版することにより、これまで目立たなかったこの平安前期という時代に些かの光を当てることができたとすれば嬉しいことである。

本作は平安時代初期の人物の生涯に託して、作者が会社勤めであったころ経験した組織人としての窮屈さ、疑問、不本意（組織の中で演じなければならない立場）等々と、職を終えてそうしたしがらみから解放された爽やかな気分、その暮らしの充実感、自己実現の喜びなどを描いたつもりです。こうした著者の気持ちを多少でも感じ読み取っていただければ幸いです。

なお、千年以上前のことなので、登場人物の呼び方（読み方）は資料によって異なっている（例えば、「順子」は「ジュンシ」とする研究者と「ノブコ」と記されている資料がある）こと、系図についても研究者により異なった説があることなどをご承知ください。

執筆にあたり様々な方々に扶けていただき、励まされました。わけても鎌倉市深沢図書館では県内広く公立だけではなく民間の団体にも問い合わせ資料を探して下さいました。ことに惟仁晩年の頭陀行に関する研究論文など数々の資料に出会えたのは同図書館司書の方のご尽力おかげであり、この作品に深みと広がりをもたらすことができました。ここに御礼いたします。

また、出版にあたり、素原稿への助言、さし絵や表紙カバーの作成、校正などについて多くの方々にお力添えをいただきました。ここに深く感謝いたします。

# 【参考文献】


神谷正昌著「清和天皇」 吉川弘文館

遠藤慶太著「仁明天皇」 吉川弘文館

佐伯有義編「日本三代實録」（「増補六国史」巻九、十） 朝日新聞社（デジタル版）

武田祐吉・佐藤謙三訳「読み下し 日本三代実録」上下巻 戎光祥出版

藤井譲治・吉岡眞之監修「天皇皇族実録一〇 淳和天皇実録・仁明天皇実録」 ゆまに書房

藤井譲治・吉岡眞之監修「天皇皇族実録一一 文徳天皇実録」 ゆまに書房

藤井譲治・吉岡眞之監修「天皇皇族実録一二 清和天皇実録」 ゆまに書房

森田悌訳「続日本後紀」 講談社

湯浅邦弘著「貞観政要」 KADOKAWA

吉川真司編「古代の人物4 平安の新京」 清文堂出版

角田文衞著「平安人物志」 法蔵館

中橋實著「平安人物誌」 日本図書刊行会

保立道久著「平安王朝」 岩波書店

村井康彦著「王朝文化断章」　教育社
大津透ほか編集「岩波講座　日本歴史」第四巻古代四　岩波書店
坂上康俊著「日本の歴史五　律令国家の転換と日本」　講談社
村井康彦責任編集「日本歴史展望三　平安京にうたう貴族の春」　旺文社
川崎庸之責任編集「図説日本の歴史四　平安の都」　集英社
秋沢亙・川村裕子編「王朝文化を学ぶ人のために」　世界思想社
川村裕子著「平安女子の楽しい！生活」　岩波書店
川村裕子著「平安男子の元気な！生活」　岩波書店
目崎徳衛著「王朝のみやび」　吉川弘文館
東海林亜矢子著「平安時代の后と王権」　吉川弘文館
佐伯有清著「高丘親王入唐記」　吉川弘文館
瀧浪貞子著「藤原良房・基経」　ミネルヴァ書房
奥富敬之著「天皇家と源氏」　吉川弘文館
永井路子著「永井路子歴史小説全集四　王朝序曲」　中央公論社
三枝和子著「淳和院正子」　講談社
黒岩涙香著「小野小町論」　社会思想社

参考文献

片桐洋一著「小野小町追跡」 笠間書院
鳥海仟著「小野小町 三姉妹ものがたり」 文芸社
花川真子著「清和太上天皇の諸寺巡礼と仏教信仰」（季刊「古代文化」六九－三）
豊永聡美著「平安時代における天皇と音楽」（東京音楽大学「研究紀要」二五巻）
赤木裕子著「惟喬親王『白雲の絶えずたなびく峰にだに』歌の解釈」（「京都語文」二七号）
内田美由紀著「源融：『伊勢物語』に関連して」（大阪公立大学学術情報リポジトリ）
佐藤俊子著「比較女流文学：小野小町の場合」（「北星学園女子短期大学紀要」三三号）
大角修著「天皇家のお葬式」 講談社
川村裕子監修「誰も書かなかった清少納言と平安貴族の謎」 ＫＡＤＯＫＡＷＡ
尾崎左永子著「平安時代の薫香」 フレグランスジャーナル社
三ツ木徳彦著「伊勢物語精釈」 加藤中道館
高樹のぶ子著「伊勢物語」 ＮＨＫ出版
梅原猛著「京都発見三 洛北の夢」 新潮社
真木悠介著「気流の鳴る音」 筑摩書房
佐藤優著「国家の罠」 新潮社

NHKテレビ「美の壺」ファイル五五四「和楽器」二〇二二年四月一五日放送
国立国会図書館デジタルコレクション「日本三代実録」
大覚寺ホームページ
清凉寺ホームページ
化野念仏寺ホームページ
安祥寺ホームページ
神泉苑ホームページ
勝尾寺ホームページ
威徳山金剛寺ホームページ
京都・水尾ホームページ
全日本盆栽協会ホームページ
箸蔵寺ブログ
ウイキペディア
ほか

**著者略歴**

# 齋藤　謙一（さいとう　けんいち）

1947年　熊本市生まれ。
会社勤めののち、地域の生涯学習講座の企画・実施に携わる。
地域におけるオペラ講座の講師をつとめる。
茅ヶ崎市まなびの市民講師。
シネマテーク茅ヶ崎会員。

**柚子の香につつまれて**　**小説 清和天皇伝**

---

2024年 7 月26日　初版発行

著　　　者　齋藤　謙一
発行・発売　株式会社 三省堂書店／創英社
〒101-0051 東京都千代田区神田神保町1-1
Tel：03-3291-2295　Fax：03-3292-7687
印刷・製本　信濃印刷株式会社

---

落丁、乱丁本はお取り替えいたします。
定価はカバーに表示してあります。
ISBN978-4-87923-265-6 C0093